Marc-Jean Nootens

Une vengeance ?

Roman

Editions de l'Eléole

A Kerzo, dont le nom entier est O'Kerzo de L'Hospitalier, mon chien[1], habitué à ne poser aucune question avant d'avoir reçu toute l'explication.

---

[1] Il a dévoré plusieurs de mes romans, hélas au sens propre.

" - ... "

David Foenkinos
Le Mystère Henri Pick
Gallimard, 2016
Pages 22, 33, 38 (deux fois), 40, 58, ... etc, etc, etc, ... [2]

---

[2] Ma préférence va à celle de la page 280. C'est la dernière.

CÔTÉ PILE

9

Une vengeance ?

4 septembre.

Les Langeac arrivèrent au Clos du Bonheur en milieu de matinée. Pour être précis, ils furent précédés par un camion de déménagement bleu[3] avec remorque qui eut de grosses difficultés à manœuvrer. Lorsque le convoi parvint enfin à se ranger le long du trottoir courbe, un imposant SUV[4] vert se parqua derrière lui, en partie devant le garage des Strand.

Nina[5], à sa fenêtre, surprise par cette arrogance, observa l'homme, la femme et les deux grands gamins en sortir, très sûrs d'eux.

Alix, depuis le salon, constata ces mouvements et pensa:
- Les nouveaux voisins! Je m'attendais à cette arrivée après le ballet des camionnettes d'entrepreneurs durant ces dernières semaines.

Le soir, à la fin du repas familial, la conversation traita de cet événement:

---

[3] Petite aparté: ce camion, ainsi que sa remorque cela va de soi, auraient dû être verts. Pour éviter une répétition, ils ne sont bleus qu'à cause de la couleur du véhicule de la phrase suivante. Comme quoi, même en littérature, on ne fait pas ce que l'on veut.

[4] Ou 4x4, bref ce genre de véhicule très utile dans le sud de la Patagonie ou dans des régions à l'âpreté géographique comparable, mais beaucoup moins en Europe maritime tempérée, même si cette dernière est aussi soumise aux conséquences du réchauffement climatique, à la prolifération exponentielle de casse-vitesse destructeurs et à l'impérieux besoin de ne pas passer pour un péquenot.

[5] Nina Strand habite là depuis sa naissance. Elle ne connait aucune autre maison où vivre et être heureuse.

- Nous saluerons ces nouveaux voisins demain, déclara Arnaud en se reservant du délicieux plat de raviolis[6], spécialité d'Alix[7].

- Pas sympa, les gamins! s'exclama Nina. Sales gueules, pour être précise!

- Nina, s'il te plait! Ne qualifie pas ainsi des gens que tu ne connais pas!

- Bon sang! Il suffit de les regarder!

- Nina!

- Tu me dis souvent que je suis trop gentille. Alors, pour une fois ...

- Mais, bien sûr, Nina chérie, tu es trop gentille. Beaucoup plus que je n'aurais osé le rêver.

- Tu as raison, Arnaud. Quelle chance avons-nous d'avoir une telle fille, ajouta Alix.

- Je n'ai que deux explications à cela, les interrompit Nina. La première est que des parents comme vous ne pouvaient mettre au monde puis éduquer qu'une enfant douce, tendre et attentive.

---

[6] Des raviolis frais, cuits al dente, disposés dans un plat à gratin avec une sauce "maison" de tomates fraîches épluchées et épépinées, du mascarpone, un filet de crème (non allégée), du poivre noir (peu mais grossièrement concassé), le tout saupoudré de parmigiano reggiano râpé "à la minute" puis passé délicatement au four. Un délice selon Arnaud!

[7] Les notes de bas de page sont bien précieuses pour préciser qu'Alix est la mère de Nina, tandis qu'Arnaud est son père. Alix et Arnaud sont mariés et sont très heureux ensemble. Plusieurs autres précisions les concernant seront fournies plus tard.

En secouant sa belle chevelure châtaine, elle leur fit un sourire désarmant qui émut Alix presque jusqu'aux larmes, ce qu'elle parvint cependant à cacher.

- Et ta deuxième explication? demanda son père.

- Oh! Comme d'habitude, vous tentez de m'amadouer pour que je débarrasse la table et fasse la vaisselle à votre place.

- Pourquoi faudrait-il t'influencer? Toi, qui fus longtemps lutin, guide et cheftaine, tu ne peux que vouloir rendre service!

A cette époque, Nina n'avait qu'un talent limité pour la cuisine et une absence totale de passion pour son rangement. Etait-ce son départ prochain pour une année d'étude à Venise qui la décida, ce soir-là, à assurer ce service[8]? Pendant qu'elle s'activait, la conversation se poursuivit.

- Un an à Venise, ma chérie! déclara Alix avec émotion. Tu aurais dû t'inscrire près de chez nous.

- Allons, M'am, Venise, c'est la porte à côté. D'ici, on ne prend pas la gondole pour y aller mais l'avion pendant moins d'une heure et demie.

- Tu vas dire que je me répète, intervient Arnaud. Quelle idée étrange as-tu eue de t'inscrire à la *Foscari*[9] pour une double

---

[8] Pour ainsi exprimer un geste d'affection à ses parents. Ce ne fut qu'à la fin de son adolescence, rencontrant les familles de ses amis, qu'elle prit conscience du bonheur exceptionnel qui prévalait chez eux.

[9] Ca' Foscari, Université de Venise

spécialisation en Finance et en Sciences de l'Information. Avec tes diplômes et prestigieux résultats dans ces matières ...

- C'est vrai, tu te répètes! Ne reviens pas avec cette discussion. M'am trouve que Venise est trop loin et, toi, tu t'étonnes que je ne parte pas sur l'*East Coast*. Je sais bien que j'aurais dû m'inscrire à Harvard pour l'un et au MIT pour l'autre. Chaque inscription ne t'aurait coûté que quelques centaines de milliers de dollars!

- Ce n'est pas malin ce que tu dis, Arnaud. Notre petite Nina est brillante et elle sait ce qu'elle veut. A mon avis, elle a bien raison de préférer la plus belle ville du monde au prétentieux Cambridge bostonien.

- Ecoute bien, Nina! Notre belle Alix Pasquet[10], ta tendre mère et ma magnifique épouse, Historienne de l'Art, lectrice assidue, préfère Venise à Boston! Quels sont ses motifs? La Culture? Peut-être, mais je n'y crois pas. C'est en raison de la proximité, sûrement, afin qu'elle puisse te rendre souvent visite! Pourtant, je m'attendais à ce qu'elle te pousse vers Harvard et le MIT. Boston est proche du Canada. Tu connais son grand rêve de jeunesse dont elle nous parle souvent, d'y vivre dans un vaste domaine rural.

---

[10] De son nom de jeune-fille, comme on dit. Châtain, gentille et de nature généreuse, dévouée à son mari et à sa Nina. Pas de profession, grâce au bon niveau de rémunération de son mari. Mais passionnée d'art et de littérature. Sa culture chrétienne mais non pratiquante n'aura probablement pas d'influence sur la suite des événements. Cependant, à ce stade, allez savoir.

Pour changer de conversation, Nina revint sur le premier thème de la soirée.

- Bien que les déménageurs soient partis et que la rue soit libre devant chez eux, les voisins laissent leur bagnole de péteux empiéter devant notre garage. Cela promet! Ils ne se sont pas rendus compte qu'ils habitent maintenant Clos du Bonheur[11] et que cela mérite un petit effort.

Voilà! Tout partit de là.

---

[11] Un clos de ce nom existe dans une commune plutôt bourgeoise (ce qui n'y empêche ni la solitude ni la désespérance) de l'Est de Bruxelles. Il n'est cependant pas tel que présenté dans ces pages. A quoi bon être romancier pour ne décrire que ce qui est apparent. Un journaliste, même talentueux, suffit à cet effet.

5 septembre.

Chez les Strand, le petit-déjeuner[12] se prenait sur le pouce, debout dans la cuisine, en mélangeant silences ensommeillés, concentration sur les actions de la journée, mise au point de l'agenda familial et échanges de toutes sortes de réflexions, sans règle, ni ordre, ni habitude. Au fil des années, ce grand moment d'intimité et de connivence était devenu une institution familiale.

En semaine, Arnaud Strand portait systématiquement un costume chic, chemise blanche, cravate et pochette stylées, ses cheveux noirs coiffés à la perfection. De tout temps, il s'habillait pour le bureau comme pour un cocktail. Cela définissait bien deux autres traits de son caractère: travailleur et mondain[13].

Sauf les quelques jours du printemps et de l'automne où elle se consacrait à l'entretien de ses massifs floraux, Alix était toujours vêtue avec élégance et bon goût[14].

Les choix vestimentaires de Nina étaient beaucoup plus aléatoires. Ses parents avaient abandonné toute tentative de décoder ses multiples processus variés et imprévisibles de décision. Ils étaient pourtant limpides car basés sur des critères simples: qui allait-elle

---

[12] Ce qu'ils mangent est varié, selon l'approvisionnement. Par contre, les boissons sont toujours les mêmes: jus de fruit frais et expresso noir serré.

[13] En vérité, il est assez dandy et il a un charme fou.

[14] Même engoncée dans des jeans, grosse chemise chiffonnée de coton, bottes et chapeau marin les jours de jardinage, sa beauté naturelle n'en était pas affectée.

16

rencontrer, quelle impression voulait-elle laisser, dans quel lieu se rendait-elle[15].

Pour le dîner, bien que ce fût beaucoup moins systématique du fait de leurs nombreuses occupations et sorties, ils aimaient le passer à trois en laissant durer son cérémonial. C'était l'occasion de longues conversations.

Ce soir-là, ils passèrent pas mal de temps à table[16].

- Comment fut ta journée, demanda Alix à son mari.

- Très dure. Boulot, boulot!

Nina ironisa:

- Il fallait réfléchir avant de devenir l'ingénieur brillant, directeur associé d'un des meilleurs bureaux du pays.

- Tais-toi, gamine!

Alix s'amuse de leur chamaillerie.

---

[15] Leur difficulté résultait du fait que les choix de Nina, basés sur des paramètres identiques, étaient cependant chaque fois différents.

[16] Cela n'a rien d'étonnant dès que l'on sait ceci: Arnaud ouvrit un Klevener de Heiligenstein qui fut dégusté à l'apéritif puis, ce qui fut une prise de risque œnologique réussie, en accompagnement d'un fin émincé de courgettes multicolores et de fromage de chèvre sec, étincelant des reflets d'une magnifique huile d'olive d'Ombrie, de Poreta pour être précis; Alix servit un risotto aux cèpes garnis de *chips* de jambon sec des Abruzzes; luxe suprême, Arnaud l'accompagna d'un Amarone della Valpolicella (qu'ils terminèrent lentement après le dessert); ce dernier se résuma, si l'on peut utiliser ce verbe en une telle circonstance, en des feuilletés aux pommes (drap d'or de Bretagne) et de miel (de lavande des Alpilles). - "On mange de plus en plus simplement ici", se borna de conclure Nina avec son sourire inimitable.

- Toi, Nina, tu en auras bien besoin dans les prochains jours de son talent d'ingénieur pour parvenir à boucler tes valises avec ce que tu considères comme le "minimum indispensable" pour ton long séjour vénitien.

- Je vais m'efforcer d'oublier l'essentiel pour que mon Historienne de l'Art de mère ait l'alibi de revoir sa ville préférée et m'apporte tout ce qui me manquera.

- Tu as percé son plan! J'ai vu dans son bureau une accumulation de nouveaux livres sur la Sérénissime.

- Soyez sérieux, les coupe Alix. Avez-vous des informations concernant nos nouveaux voisins?

- Je n'ai pas pensé à eux de toute la journée. Sauf ce matin, j'ai pesté en devant manœuvrer pour éviter leur 4x4 qui était resté en partie devant notre allée!

- Moi, je les ai aperçus à deux reprises, reprend Alix. Visiblement, ils ne cherchent pas à créer le contact. Cependant, les commentaires vont bon train dans le clos. C'est fou les détails que la curiosité populaire permet de rassembler. J'ai donc pu apprendre plusieurs choses.

- Ah! Chouette, des ragots! s'exclame Nina.

- Ils s'appellent Langeac, poursuit Alix sans tenir compte de cette remarque ironique. Léo Langeac est dentiste. On dit qu'il est hautain et se prend pour un praticien de talent, ce que personne ne semble pouvoir confirmer. Sa femme, Elsa Langeac-Walcourt, est diplômée en philologie germanique mais n'enseigne plus depuis plusieurs années. Blonde, plutôt jolie, elle consacre, dit-on dans le quartier, pas mal de temps au tennis et au golf, sports où elle aime "paraître". Les deux gamins sont Alban et Lucas. Ils s'arrogent un air tellement prétentieux que plus personne ne s'intéresse à eux. Peut-être que l'un a commencé des études supérieures tandis que l'autre termine le collège.

- Vous ne trouvez pas cela incroyable, s'étonne Alix, que les voisins connaissent déjà tout d'eux alors qu'ils ne sont arrivés qu'hier?

- Bref! Ici, par contre, tout le monde se fiche de cette famille, conclut Nina. C'est donc le meilleur moment pour m'installer à Venise afin d'échapper à ces égocentriques de triste réputation.[17]

---

[17] Comme il n'y avait pas de note de bas de page pour ces deux dernières pages, l'auteur souhaite profiter de la place libre pour préciser que leur lecture est laissée à la libre discrétion du lecteur avisé. Comme tout le reste du roman d'ailleurs. Un lecteur non avisé ne peut probablement pas mesurer à quel point il est difficile pour certains auteurs, auteures et autrices de se priver du bonheur d'ajouter des notes de bas de page. Car comment vivre sans insolence ni fantaisie... Enfin, plusieurs y arrivent.

Septembre.

Nina prit l'avion pour Venise le matin du 15 septembre. Suite à ce départ, en apparence, rien ne fut fondamentalement différent chez les Strand. Depuis son enfance, elle était souvent partie pour des semaines de camps de jeunes, d'abord comme participante puis en tant que cheftaine. Dès son adolescence, les voyages entre amis devinrent fréquents. Son absence n'avait donc rien d'exceptionnel.

Pourtant, plus rien ne fut pareil. Son éloignement cette fois ne se compterait pas en semaines mais en mois. Surtout, cela préfigurait ce qui était inéluctable: un enfant s'en va. Toujours. D'ailleurs, quand il traîne trop longtemps, cela pose problème. La preuve de la nécessité de cette séparation est que même les parents qui veulent résister à cette déchirure ne pourraient supporter de ne pas les voir vivre leur avenir ailleurs.

Heureusement, Arnaud connaissait une période d'intense activité et Alix s'était engagée dans le montage de plusieurs expositions artistiques, si bien que cette scission familiale n'engendra ni question ni tristesse.

Au gré du hasard des rencontres de voisinage, ils tentèrent quelques contacts avec les Langeac. Les résultats furent décevants. Les fils, Alban et Lucas, ne les saluaient pas mais les toisaient d'un air hautain qui ne parvenait pas à cacher la vacuité de leur regard. En dentiste doté d'une large clientèle, Léo ne parla avec Arnaud que de voitures et de placements financiers. Leurs rares conversations furent chaque fois très courtes à cause de l'air pressé et important de Léo. Un jour, Alix prit l'initiative de saluer sa blonde voisine qui d'habitude n'entrait et ne sortait de chez elle qu'avec précipitation.

- Elsa Langeac-Walcourt, se présenta-t-elle, en réponse à Alix qui n'avait donné que son prénom en affichant un sourire chaleureux.

Cette conversation puis les rares suivantes furent courtes, à l'initiative d'Elsa, toujours pressée, puis d'Alix, déroutée par le caractère égocentrique de sa voisine. Le plus souvent, elles se saluaient de loin. Alix qui était d'une nature élégante, s'amusait de la succession des tenues d'Elsa: tennis, golf, cocktail, jogging, bohème chic, gauche chiffon, ...

Nina leur donnait souvent des nouvelles enthousiastes de son installation dans le Cannaregio et de ses premières expériences à l'Université.

Ce soir, lors de leur long dialogue au moyen de leurs ordinateurs et de leur camera, Arnaud taquina sa fille:

- C'est bien Boston?
- Génial! A mi-chemin entre Harvard et le MIT, j'ai découvert une pizzeria qui me plaît bien.
- Ah?
- Elle s'appelle "Ca'Foscari"[18]!

---

[18] Humour très discutable quand on fait référence à une Université.

- Bien fréquentée, au moins?

- Un peu de tout, sauf les architectes qui mangent ailleurs. J'y rencontre des collègues et étudiants intéressants. Je pense que j'ai fait le bon choix de combiner la fonction d'assistante du *Master*[19] *Economics and Finance*[20] avec un *PhD Computer Science*[21]. Le travail est énorme, je m'en rends déjà compte, mais c'est passionnant.

De son côté, Alix ne se privait pas de décrire les nouveaux voisins, surtout Elsa et ses tenues. Cela donnait chaque fois lieu à de longs fous rires. Au fil des semaines, Arnaud rit moins, puis plus du tout, lors de ces plaisanteries entre mère et fille.

---

[19] Voici quelques années, en France, les grandes écoles, hors régime universitaire, ont inventé le Mastère. Il est même question de "Mastère Spécialisé™", TM signifiant *Trademark*, il ne manque plus que le *Best Before*. En Belgique, en Suisse, au Québec et en Afrique, cette terminologie parut un Mystère, pardon, un mystère. Ah! Les mots. Qu'est-il arrivé à leur Maîtrise? Les lecteurs non francophones sont invités à ne pas rire.

[20] Pour la traduction, je recommande d'utiliser Google Translation ou de s'adresser à un.e cop.ain.ine parlant l'a.nglais.méricain (rédigé en écriture inclusive).

[21] La consultation du programme des cours d'une bonne université (il en existe encore en Europe) permettra au lecteur intéressé de comprendre ce dont il s'agit.

20 décembre

Arnaud quitta son bureau plus tôt que d'habitude pour se rendre dans le centre commercial abondamment décoré et illuminé[22], proche du Clos du Bonheur.

- Débrouillez-vous sans moi, lança-t-il à ses collègues. Cette année, je suis décidé de prendre le temps de bien choisir les cadeaux de Noël pour Alix et Nina.

- Elle revient pour Noël? s'enquit son associé.

- Pour rien au monde, elle ne manquerait le réveillon[23]. Nous l'attendons avec impatience pour après-demain. Le sapin est encore plus beau que d'habitude, scintillant de lumières et de boules blanches brillantes. Il ne manque plus que les paquets pour en entourer le pied. Je file m'en occuper.

---

[22] Alors que dans les campagnes, quelques lumières suffisent à créer l'ambiance des Fêtes, la propagande des élus locaux et la publicité des boutiquiers entraînent une profusion de lumière dans les quartiers commerçants des villes. Plusieurs lecteurs intelligents, et ils sont nombreux, suggéreront que c'est justifié car les chalands sont plus nombreux en ville qu'en rase campagne. Je persiste néanmoins à penser que les rares lampions campagnards sont plus efficaces en termes d'émotion et de bilan carbone.

[23] Tous les ans, au Clos du Bonheur, depuis la naissance de Nina, ses parents, comme deux adolescents, lui préparaient une éblouissante fête de Noël.

Vers seize heures trente, il commença à neiger, de gros flocons étincelants sous les guirlandes urbaines. A la sortie d'un magasin, Arnaud s'arrêta devant la féérie des cristaux blancs illuminés par les éclairages multicolores des vitrines qui remplissaient l'espace de leur léger ballet. Soudain, alors qu'elle se précipitait pour se mettre à l'abri et que lui se retournait pour poursuivre son chemin, Elsa Langeac tomba littéralement dans ses bras. Surpris, ils rirent de se trouver là, face à face et si proches. D'un élan spontané, elle l'embrassa tandis qu'il la serrait par les épaules. Un moment, ils échangèrent quelques paroles banales. Le vent chassa autour d'eux des nuages de neige. Arnaud proposa de s'abriter dans la taverne proche. Sans hésiter, Elsa accepta et ils se retrouvèrent assis à une étroite table dans la chaleur et l'ambiance festive de la foule qui se protégeait de la tempête.

Arnaud et Elsa s'étaient souvent croisés dans le Clos, au hasard de leurs entrées et sorties ou, occasionnellement, chez les commençants du voisinage. Leurs brèves salutations, leurs signes de main s'étaient fait peu à peu plus complices et ces rencontres fortuites plus fréquentes, comme si le hasard déjouait les règles des probabilités. Arnaud n'avait jamais été aussi "dandy" que lors de ces moments. Elsa ne manquait pas d'élégance. Où avait-elle appris ces petits gestes et ces regards, chaque fois adaptés aux vagues de sa chevelure et aux jeux de ses robes qui, les jours de soleil, montraient ses jambes ou l'échancrure de son corsage et, ceux de mauvais temps, s'ajustaient à ses formes?

Leur conversation dura beaucoup plus longtemps que leurs tasses de thé. Ils étaient pareils à deux êtres proches qui, après une absence, ont tant à se raconter. A trois reprises, les doigts d'Arnaud effleurèrent la main d'Elsa. Une fois, celle-ci, dans le feu du dialogue, posa la sienne sur le bras d'Arnaud. Comme sortant d'un rêve, soudain, au même instant, ils se souvinrent qu'il leur restait encore beaucoup d'achats à effectuer. En se quittant, ils échangèrent tendrement sourire, accolade et regard complice. Il venait de se passer là, chez chacun, un changement d'état et de perception de la réalité[24]. Avec toutes les conséquences que cela pouvait impliquer.

---

[24] J'ai déjà lu des écrivains qui, pour une telle situation, parlaient de "coup de foudre".

23 décembre

La neige persista. Lorsque les voitures n'étaient pas blanches suite aux nouvelles chutes régulières, elles étaient grisâtres à cause des projections de sel que les camions municipaux épandaient jour et nuit sur les routes. Cette agression aux carrosseries permit cependant à Alix de ramener Nina sans encombre depuis l'aéroport jusqu'au Clos du Bonheur.

Le sapin trônait dans l'angle du salon. Ses boules blanches étincelaient sous les feux changeant des guirlandes. Plusieurs paquets l'entouraient. A cette vue, Nina redevint enfant et s'enthousiasma devant ces lumières et étincellements qui ravivaient tant de souvenirs restés intacts.

- Demain, nous ferons le réveillon à trois, annonça Alix tandis que Nina sortait de sa valise ses cadeaux, paquets multicolores et petits, transport aérien oblige.
- Comme tous les Noëls depuis ma naissance!

La soirée se déroula paisiblement. Alix avait préparé un repas léger. Nina était intarissable et répondait avec enthousiasme à toutes les questions, sans jamais laisser la discussion s'éteindre.
- J'adore Venise mais quel bonheur d'être à nouveau près de vous!
- Tout se passe bien là-bas?

- Bien que j'aie énormément de travail à cause de ma double activité, je profite tous les jours de cette ville merveilleuse.

Arnaud semblait préoccupé. Souvent, son regard était distrait, comme s'il était perdu dans ses pensées. Un moment, tandis qu'elle observait son père qui s'était éloigné et se tenait immobile devant la fenêtre, tourné vers le Clos, Nina questionna sa mère du regard en haussant des sourcils interrogateurs. Alix haussa les épaules en souriant:

- Trop de travail, probablement, chuchota-t-elle. Ou un dossier particulièrement difficile.

Il revint vers elles en déclarant:

- Je vais me coucher. Il s'agit d'être en pleine forme demain pour le réveillon, conclut-il en les embrassant.

Après son départ, la conversation revint sur Venise.

- Beaucoup d'amis déjà, s'enquit Alix.

- Oui, pas mal. Tous des gens charmants.

- Et un bel Italien passionné au sourire envoûtant?

- Allons! A quoi penses-tu!

- Ah! Bon. répondit Alix d'un air déçu.

- Enzo Majorana, répondit-elle à la question silencieuse d'Alix.

- Voilà bien un nom italien.

- Oui car ses ancêtres étaient Siciliens. Sinon, je ne connais aucun détail concernant sa famille, à part ses cousins qui habitent Mestre.

Pas un instant, je n'ai pensé à lui poser des questions. Nous avons eu bien d'autres choses à nous raconter!

- Tu le connais depuis longtemps?

- Je l'ai rencontré la semaine de mon arrivée.

- Il est avec toi à l'Université?

- Oui et c'est bien un mystère. Il suit une spécialisation en Computer Science alors qu'il est brillantissime en informatique. Il devrait être au MIT.

- Ah, lui aussi!

- Un bon catholique? interroge Alix en riant.

- Lui? Athée sûrement. Il croit à l'arithmétique, m'a-t-il dit un jour. Cela m'inspire confiance, à cause du sourire espiègle qui accompagna cette déclaration. J'ai perçu chez lui un sens éthique très développé, sans qu'il soit pourtant naïf. Au contraire, dirais-je.

- Quelle aventure, ma fille!

- N'en parle surtout pas à papa. C'est trop tôt ... et il n'a pas l'humeur adéquate pour bien m'écouter.

- Si tu en parles ainsi, c'est que tu l'aimes bien ...

- Je ne crois pas que je l'aime bien. Je l'aime tout court!

25 décembre

- J'ai rarement vu papa si taiseux, dit Nina.
- Tu l'as remarqué aussi, répondit Alix. Depuis deux à trois jours, il semble perdu dans ses pensées. Quand je lui ai demandé s'il avait un souci, il m'a regardée d'un air étonné comme s'il n'en était pas conscient. Il m'a prétendu que tout allait bien et qu'il se sentait comme d'habitude. Cependant, il est redevenu rêveur et silencieux, apparemment sans s'en rendre compte.
- Peut-être que ses importantes charges professionnelles lui pèsent plus qu'il ne le pense, ajouta Nina.

Le rangement de la cuisine fut rapide après leur repas léger. Elles s'installèrent au salon pour déguster une savante tisane asiatique.

- Ce fut une excellente idée ce saumon fumé et ce filet de bar grillé, n'est-ce-pas? dit Alix.
- Tu parles, acquiesça Nina. Après le long et riche festin du réveillon, il était indispensable de revenir à la raison!

Le sapin était aussi beau que la veille. Ses boules claires comme de la nacre scintillaient entre les guirlandes lumineuses. Mais à son pied, le sol était vide. Hier soir, entre le chapon farci et la bûche de Noël, tandis qu'ils terminaient le vin rouge[25], ils avaient ouverts les paquets avec enthousiasme.

- J'ai adoré cette soirée d'hier. Malgré les silences et les sourires absents de ton père! Toi aussi, tu paraissais heureuse et ravie de tes cadeaux.

- Je les trouve magnifiques. Papa m'a raconté qu'il avait affronté une tempête de neige pour les acheter. Cela les rend encore plus précieux. Mais où est-il maintenant?

- Il avait envie de marcher dans la neige.

Le ciel était devenu clair. A cette heure, les étoiles brillaient entre les halots des réverbères et les fenêtres des maisons, diffusant l'ambiance chaleureuse de la fin de la fête de Noël.

- Ah! Le voilà qui revient, s'écria Nina qui observait la rue depuis la baie vitrée.

Quelques minutes plus tôt, tandis qu'Alix et Nina parlaient sans porter attention à l'extérieur, Elsa Langeac était rentrée chez elle après avoir promené son chien[26].

---

[25] Un Margaux Château Kirwan de plus de 10 ans, pour autant que Nina s'en souvienne.

[26] D'une de ces races *très bobo*. Chic et cher. Mais il n'en peut rien, ce pauvre animal.

Début mai

Evidemment, ce n'était ni la lumière intense de janvier ou de février quand le froid purifie l'air et donne aux couleurs leur netteté et leurs évidences, ni celle estivale qui enveloppe toute chose d'une ombre de brume chaude. Ce jour de mai, les teintes encore ternes du printemps naissant étaient envahies de soleil et offraient l'illusion d'un moment de bien-être entre froidure vive et chaleur oppressante.

Elsa avait emmené Arnaud dans sa maison de Provence héritée de sa grand-mère. A Léo, Alban et Lucas, elle avait justifié ce séjour, qualifié de solitaire, par des travaux indispensables à exécuter dans cette bâtisse ancienne. De son côté, Arnaud avait expliqué son absence par des déplacements professionnels. Etonnamment, alors que cela ne lui était jamais arrivé, mentir à Alix ne l'avait pas dérangé.

Malgré la température encore fraîche, Elsa portait des vêtements aguichants qui dévoilaient presqu'entièrement ses jambes. Sa démarche était dansante, souple et fluide. A cette allure séductrice, Arnaud répondait par son charme naturel, tout de calme et de tendresse. Après quelques scampis grillés, il braisa des côtes d'agneau. Elsa servit une délicieuse ratatouille. La conversation fut longue dans la salle à manger où Arnaud avait allumé un feu dans la cheminée. Dans les bras l'un de l'autre, dans le divan devant cette flambée, ils s'embrassaient souvent. Les bûches terminant leur ardeur, ils montèrent dans la chambre et firent l'amour. Ainsi qu'une autre fois durant la nuit. Le matin encore, avant la douche. Ils étaient amants depuis janvier.

- Quel bonheur ici, se dirent-ils.

Plusieurs fois, ils se répétèrent ces mots, pensant aux moments volés dans les hôtels.

- Plus jamais ces instants obscurs, avaient-ils alors souhaité avant de se décider à quitter leur famille et à vivre ensemble.

Ils n'étaient pas seulement là pour le plaisir d'une escapade intime. Ce qui justifiait cette étape en Provence, était un rendez-vous, deux jours plus tard, pour visiter un étonnant domaine sur la Côte.

- Son propriétaire envisage de le vendre dans les prochains mois pour financer un projet, avait confidentiellement annoncé un ami d'Arnaud.

Ses commentaires furent si dithyrambiques que celui-ci se passionna à l'idée d'une telle acquisition avec Elsa. Bien que la vente ne fût pas encore décidée, son ami parvint à organiser une visite exceptionnelle pour eux.

La route descendait vers le bourg en bord de mer. Ils la quittèrent pour s'engager dans un étroit chemin qui sillonnait dans la campagne. Après plusieurs lacets, un portique donna accès à un logis en vieilles pierres. Le jeune couple de métayers qui cultivaient l'exploitation, les accueillit.

- Des gens bien sympathiques, pensèrent immédiatement Arnaud et Elsa dès les présentations.

Après quelques paroles, la femme déclara:

- Je vais vous montrer la propriété. J'espère que vous serez aussi impressionnés que nous lorsque nous l'avons été en la découvrant pour la première fois.

Pendant près d'une heure, ils parcoururent la plus grande partie de la propriété qui s'étendait depuis le plateau dominant la mer jusqu'aux flancs des collines, découvrant les champs de citronniers protégés par des toits de canisses, les parcelles plantées d'oliviers puis des coulées de vignobles qui suivaient les courbures du terrain.

- Continuons vers ce haut mur de pierre percé d'une porte cochère. Au-delà se trouve l'habitation.

Ils passèrent le portail. Devant eux, s'étendait un jardin. Sa partie Est se terminait par un rocher presque vertical de trois mètres sur lequel s'accrochaient de multiples plantations et qui surplombait une piscine se prolongeant à l'intérieur de la dernière partie du bâtiment qui s'appuyait contre cette paroi. Entourant le jardin et une vaste cour, celui-ci formait un U asymétrique.

A leur droite, côté Nord, sur sa petite branche, se succédaient buanderie, salle à manger d'été avec four à pain et barbecue. A gauche, côté Sud, une longue enfilade dominait la mer. Elle débutait par la partie intérieure de la piscine, une salle de bain, un dressing, une chambre puis se poursuivait par une terrasse close à l'allure de petit cloître pour finir par un bureau et enfin un salon et une salle à manger. Tout au bout, à l'Ouest, un vaste hall, la cuisine et un cellier reliaient les deux parties.

Arnaud et Elsa avaient rarement été aussi impressionnés. La jeune femme ne leur laissa pas le temps de se ressaisir:

- Le plus extraordinaire de cette demeure entre campagne et mer, est cette dernière partie. Venez à la fenêtre de la cuisine. Nous dominons la petite cité. En réalité, nous sommes au dernier étage de trois maisons qui ferment sa crique formée par la rivière qui se jette dans la mer.

Comme ils restaient muets devant ce panorama, elle leur proposa:

- Profitez du jardin et revisiter les bâtiments à votre aise. Vous ne dérangerez pas car personne ne les occupe actuellement. Retrouvez-moi à la métairie

Debout, immobiles, le bras d'Elsa autour de la taille d'Arnaud et le sien autour de l'épaule de celle-ci dont il caressait la nuque, ils contemplèrent la mer depuis la chambre. Puis, de la cuisine et de la fenêtre du hall, ils admirèrent longtemps le panorama de la côte et le rivage montagneux qui s'étendait au-delà de la cité.

Dans quel lieu passionnant étaient-ils donc? Ils ne savaient pas quel nom lui donner. Il ne s'agissait pas d'une maison ordinaire, ni d'un château, ni d'un mas classique mais plutôt d'une villa dans le sens antique de ce mot.

- Les frais d'acquisition et d'aménagement seront importants, s'inquiète Elsa.

- Mais cela vaut la peine.

- Mais quel bonheur ce serait de vivre ici!

- Je suis convaincu que la rénovation pourra générer une plus-value significative, ajoute Arnaud. A condition d'y mettre les moyens.

- Je dispose de l'héritage de mes parents et de la maison de ma grand-mère. J'ai également droit à la moitié de la valeur de ma maison familiale du Clos du Bonheur.

- Moi aussi je peux compter sur la moitié de notre maison du Clos, complète Arnaud, indifférent à la signification et aux conséquences de cette déclaration. Par ailleurs, j'ai constitué des réserves en actions que je pourrai revendre.

- Il ne sera pas difficile d'obtenir un emprunt bancaire en complément et nous y arriverons[27].

---

[27] A partir de la page suivante, tandis que la situation prend une tournure plus tendue, sinon dramatique, les notes en bas de page sont supprimées, sauf cas d'extrême urgence bien sûr, afin de ne pas distraire les lecteurs attelés à la poursuite du récit. Pour être tout-à-fait complet, les premières pages de celui-ci furent écrites à Belle-Île-en-Mer en septembre 2017. La météo y fut si exécrable qu'il fallait bien ajouter un peu de fantaisie. L'auteur doit, de toute façon, interrompre cet usage des bas de page car certaines mauvaises langues pourraient lui reprocher une imitation. Ce ne serait que pure et vilaine médisance: l'auteur n'a jamais rencontré David Foenkinos.

4 juin

Alix est hébétée. Un frémissement d'angoisse occupe son corps sans s'interrompre un instant. Ses oreilles bourdonnent au point de la rendre sourde à ce qui l'entoure. Elle a la nausée et suffoque. Son monde vient de disparaître. Elle est perdue et affolée dans un univers inconnu où rien de ce qui lui permettait de vivre n'existe encore. Ce qui lui arrive est impossible. Arnaud est-il devenu fou? Il vient de lui parler. Pendant moins d'une heure. Puis il est parti, emportant deux valises et un grand sac. Au début, elle ne comprenait rien à son discours si ce n'est que c'était grave. Ensuite, elle a compris les mots et enfin leur sens. Cette situation est impensable. Depuis plus de trente ans qu'ils se connaissent, leur entente a été parfaite, renforcée par la présence de Nina. Les ruptures chez certains couples de connaissances les étonnaient car ils n'avaient jamais connu les mésententes et les infidélités ni les divers prémices qui aboutissent à une séparation.

Ses pensées sont confuses et irrationnelles. Surtout, elle a besoin d'aide et de sécurité. Il faut qu'elle retrouve Nina! Avant qu'il ne soit trop tard. Doit-elle lui raconter cela? Elle n'a pas le choix. En un instant, elle vient de comprendre que ce qui s'est passé est irréversible. Plus rien ne redeviendra comme avant. Elle a un besoin intense de sa fille, de son affection.

Il lui est impossible de rester assise. Dès qu'elle se lève cependant, elle est prise de vertiges et de suffocation.

Après un long effort de décontraction, totalement vain pendant les premières tentatives, elle appelle Nina. Celle-ci ne comprend rien aux explications. Elle s'affole, d'abord croyant que son père a eu un accident, ensuite qu'une maladie grave vient d'être décelée chez Alix.

- C'est incompréhensible, Nina. Je ne peux que te répéter ce qu'il m'a dit. Il était glacial, fermé, indifférent, sans la moindre empathie. Une sorte de robot.

Le surlendemain, dès son entrée dans le hall de Marco Polo, Nina prend longuement dans ses bras Alix dont le corps est mou comme du coton, tremblant elle-même d'une rage contenue. Elles ne parviennent pas à parler. En silence, elles parcourent les tapis roulants jusqu'aux quais. Un Alilaguna Aranzia est prêt à partir. Elles le prennent plutôt qu'un taxi. Jusqu'à Orto, elles restent l'une contre l'autre, serrées par les touristes et les sacs, s'agrippant par les mains.

La *contessa* Anna, la logeuse de Nina, a libéré pour Alix un studio communiquant avec celui de sa fille. Les jours passent. Pas une fois, Alix ne parle d'Arnaud. Il est évident qu'elle est profondément blessée.

Nina téléphone à son père pour l'interroger et tenter d'obtenir une explication. Il est distant. De leur échange, assez bref, il ne résulte qu'une chose:

- Ne t'occupe pas de cela!

Elle insiste. Arnaud tranche d'un ton sec:

- Cela ne te concerne pas. Tu ne peux pas comprendre.

Cela décuple sa rage et provoque une rupture au fond d'elle-même. Cette colère se développe alors qu'elle a l'âge de procréer, ce qui implique la farouche énergie de se battre pour ceux que l'on aime, surtout s'ils sont en souffrance.

Nina ne dit rien des conséquences de cette conversation mais sa tension est perceptible. Enzo la ressent et sa mère la devine.

Tandis que Nina est à l'Université, Alix parcourt inlassablement les ruelles des sestieri, recherchant celles où passe le moins de monde. Quand elle est contrainte de se joindre à la foule pour franchir les ponts du Canałasso, au Rialto, à l'Academia ou aux Scalzi (mais jamais celui de Calatrava, le Ponte della Costituzione, car elle redoute les masses de Ferrovia et de Piazzale Roma), elle les traverse en se faufilant, d'un pas si rapide qu'elle en a le souffle coupé. Etrangement, elle fréquente du mardi au samedi le Mercato Rialto, comme si elle y trouvait une sorte d'apaisement, mais très tôt le matin pour préserver sa solitude. A cette heure matinale, le traghetto de San Sofia lui permet un passage tranquille.

Dès leur présentation, les relations avec Enzo Majorana sont excellentes. Celui-ci, sans discours, lui exprime de la sympathie et de l'affection, qui la réconfortent. Ce grand blond, solide et jovial, offre une telle tendresse à Nina, qu'elle se sent rassurée. Elle en a bien besoin.

Début août

Le 15 juin, Alix reçut une lettre officielle de l'avocat d'Arnaud, Eric van Zee, annonçant la volonté de ce dernier de divorcer dans les plus brefs délais et, en conséquence, de vendre la maison du Clos du Bonheur et de liquider leurs biens communs.

- Qui est ton avocat? demanda Nina.

- Me Bastien du Rocq. J'ai déjà eu des contacts avec lui. Il m'a annoncé qu'il sera impitoyable et m'a assuré qu'en cette matière, il était d'une efficacité redoutable. Il a compris que ton père est pressé. Il jouera en ce sens pour accélérer les procédures mais en exigeant le maximum.

Peu après, par courriel, son père demanda à Nina de libérer sa chambre du Clos. Par des échanges ultérieurs en style télégraphique, ils convinrent qu'elle viendrait début août et qu'elle se chargerait en même temps d'emporter les affaires de sa mère qui resterait "réfugiée" à Venise, trop fragile pour affronter les lieux du bonheur perdu.

A son arrivée dans le Clos, la maison des Langeac est vide. En front de rue, un panneau "A vendre" d'une agence connue du quartier est barré par une arrogante affiche oblique "Vendu".

- Cela a été incroyablement rapide, se dit Nina, ne pensant pas à la vitesse de cette vente mais à l'apparition début septembre dernier du camion de déménagement bleu et du SUV vert. Ces monstres de Langeac qui ont détruit son monde!

Son père est sur le seuil, occupé à transporter des boites et des valises dans sa voiture dont le coffre et les portières sont grandes ouvertes. Il est visiblement gêné. Nina reste figée et froide, livide par son effort de ne pas éclater en sanglots. Elle ne l'a pas revu depuis Noël. Ils ne se sont parlé que trois ou quatre fois brièvement par téléphone jusqu'en avril. Ensuite, il n'y eut plus de contacts entre eux jusqu'aux échanges de courriels. Face à lui, submergée par sa peine et sa colère, elle attribue son silence non pas à un sentiment de honte mais à de l'indifférence à son égard, à cause d'Elsa. Elle passe la journée et la suivante à trier et à emballer dans des cartons ses affaires personnelles et celles qu'Alix n'avait pas emportées en juin. Heureusement, son amie Sophie, chez qui elle loge, lui tient compagnie. Elle n'aurait pas supporté de passer une nuit dans cette maison quasi vide où ne subsiste rien de sa vie ni de ses souvenirs de bonheur.

Le lendemain, il ne reste que quelques meubles et des boites en carton entreposées au rez-de-chaussée. Des déménageurs emmènent tout cela. Ils déposeront le mobilier dans un entrepôt avant sa vente dont se chargera Me du Rocq car ni Alix ni Nina ne tiennent à le récupérer. Les cartons seront expédiés à Venise à l'adresse de Nina.

Son père est présent. Nina ne décèle chez lui aucune autre émotion que l'impatience que ce déménagement se termine rapidement.

- La maison vient d'être vendue, déclare-t-il pour se justifier.

Nina devient livide mais parvient à cacher le choc que cette déclaration provoque en elle.

Abruptement, elle lui déclare:

- Tu devras m'héberger dans ton appartement car je ne repars à Venise que dans quelques jours.

Arnaud ne parvient pas à cacher sa surprise en entendant cette demande à laquelle il ne s'attendait pas. Après un temps, il répond:

- Tu ne restes pas loger chez Sophie?

- Elle et toute sa famille partent en vacances aujourd'hui.

- Et tes autres connaissances?

- Tous partis. Plus personne en ville.

Arnaud est d'autant plus mal à l'aise qu'il essaie de le cacher et se rend compte qu'il s'y prend très mal. Suite à un nouveau silence, il murmure:

- Je suppose que tu ne veux pas rencontrer Elsa.

- Evitons-lui ce moment difficile, répond-elle sèchement.

- Demain dans le courant de la matinée, nous partons pour quelques jours. Je te donne la clé. Viens t'installer après notre départ.

- C'est trop tard. Je ne sais pas où aller ce soir.

Arnaud réfléchit un long moment. Evidemment, il ne peut pas refuser d'accueillir à sa fille.

- Ce soir, nous avons un diner chez des amis. Nous serons absents à partir de dix-neuf heures et ne reviendrons que vers minuit au plus tôt. Installe-toi dans la chambre d'amis avant notre retour et fais la grasse matinée jusqu'à notre départ en voyage. Désolé mais je ne vois pas d'autre solution pour concilier ...

- Très bien! le coupe Nina.

- Tu fermeras bien les fenêtres et la porte et tu brancheras l'alarme lorsque tu repartiras à Venise, n'est-ce pas?

Nina le foudroie du regard:

- Je ne suis plus une enfant. Plus du tout. Tu devrais le savoir.

A vingt heures, Nina entre dans l'appartement.

- Il n'est ni grand ni luxueux, constate-t-elle. C'est une location et c'est sûrement provisoire. Donc, ils ont un autre projet, conclut-elle.

Dans le hall, deux valises sont prêtes. Sur elles, deux sacoches à bandoulière pour ordinateur portable sont déposées. A côté, deux sacs de voyage sont encore ouverts, probablement pour recevoir les derniers vêtements et trousses de toilette. Dans l'un des sacs, à contenu féminin, Nina aperçoit une tablette. Le salon et la cuisine sont faiblement éclairés, certainement à son attention, et, veille de voyage oblige, parfaitement en ordre. Du hall, elle accède à un couloir. Trois portes sont fermées. La quatrième est entre-ouverte sur une pièce. Elle passe la tête: un bureau avec bibliothèque et ordinateur. La cinquième est grande ouverte et donne sur la chambre d'amis qui est éclairée. Celle-ci dispose d'une salle de douche et de toilettes. Elle dépose son sac sur le lit.

- Voilà mon bunker, se dit-elle.

Elle revient dans le hall et regarde les sacoches et le sac. Ensuite, elle entre dans le bureau, en allume la lampe sur pied, s'installe devant l'ordinateur, prend son smartphone et appelle Enzo.

7 août

Après avoir ramené Nina de Marco Polo, Enzo doit partir à la Casa Bembo pour une réunion décidée en dernière minute. Mère et fille dinent ensemble dans le studio de Nina. Alix lui a préparé des langoustines grillées au beurre et aux herbes.

- C'est délicieux, dit-elle. Comme d'habitude, M'am.

Alix se rend compte de la détresse que sa fille cache derrière son enthousiasme gastronomique.

- Ce fut difficile? demande-t-elle timidement.

Nina cligne des yeux pour acquiescer tout en continuant à manger.

- Très difficile, avoue-t-elle enfin. Comme une amputation. Une remise en cause totale.

- J'espère que ta relation avec ton père ...

- Au contraire! Il était distant. Un robot, comme tu me l'avais déjà dit.

- Ne gâche pas ta relation avec lui.

- Elle est brisée. Pas par ma faute mais par la sienne. Ce qu'il nous impose est inadmissible.

Alix ne sait que répondre. Elle sert un mémorable risotto aux sèches. La conversation s'oriente sur la ville qui souffre de la chaleur et de l'afflux touristique. De la lagune aussi. Des amis de Nina à la Foscari. Dès la fin du repas, Alix part se coucher dans son studio.

Nina est seule. Pour la première fois, l'incompréhension qui a cédé la place d'abord à la stupeur puis à la colère, se transforme d'un coup en vide. Elle se met à pleurer. Cela ne lui était jamais arrivé, sauf toute petite et pour des raisons insignifiantes. A cet instant, elle ressent que son passé s'est effondré. Ce qui a fait d'elle ce qu'elle est devenue lui semble soudain perdu et son présent est chargé de rage.

- Hier, aujourd'hui, demain? Quel est le sens du temps, se demande-t-elle. Pour autant qu'il en ait un.

Son père a provoqué une rupture temporelle. A ce même moment, cependant, elle rencontrait Enzo. Les images de son passé sont ternies, le souvenir du bonheur est transformé en regret. Pourtant son avenir est sauvé. Il sera passionnant avec Enzo.

En réalité, ce qui l'attriste profondément et attise sa colère, c'est qu'Alix, dans sa chambre à quelques mètres d'elle, est certainement paralysée par son chagrin, angoissée par l'abandon, par la perte de sens de sa vie. Qu'y a-t-il de plus terrorisant que la suffocation par la noyade? L'asphyxie par la désespérance!

- A cause de sa douleur et de sa tristesse, pense-t-elle, ma mère n'est plus celle que j'ai connue. Je dois lui rendre la vie et la dignité. Quel qu'en soit le prix!

Elle comprend ce qui se passe en elle. Elle n'a plus qu'un choix: aider sa mère à sauver sa vie, en oubliant et en reconstruisant un nouvel univers à la place de celui qui vient de lui être volé.

Les pensées défilent sans cesse dans son esprit.

- Je déteste l'idée de vengeance. Je ne pense qu'à la protection de ma mère. Quel choix ai-je? La sauver en sacrifiant mon père? Hélas, oui! S'il savait à quel point je l'aimais, mon père! Autant que ma mère. Aujourd'hui, elle est la plus fragile à cause de sa trahison. Elle a donné tant de patience et d'amour à me créer et à m'accompagner jusqu'à présent que je ne peux tolérer qu'elle souffre. C'est elle que je dois défendre!

Elle entend du bruit sur le palier puis celui de la clé dans la serrure. Enzo revient de sa réunion. Grâce à lui, elle se calme. Il lui parle de l'avenir et la rassure.

Fin septembre

- Le mas sera magnifique!
- Il serait temps de l'appeler autrement que "mas"
- C'est exact, concède Arnaud, nous en avons déjà parlé mais je n'ai pas encore trouvé le nom qui convienne.
- La première fois que nous l'avons vu, début mai, tu l'as comparé à une villa romaine. Pourquoi ne pas l'appeler ainsi?

L'extrémité du village, en bord de mer, se termine par un quai où ne viennent accoster que les petites barques de ceux qui habitent là. Les autres et les voiliers s'amarrent dans le port, de l'autre côté de l'esplanade. Les jours de marché qui couvre celle-ci, il faut zigzaguer entre les échoppes et les chalands pour atteindre les trois hautes maisons appuyées à la falaise qui domine ce quai isolé. Celles-ci sont des bâtisses aux allures différentes tant dans leur dessin architectural que par les couleurs des façades, des portes et des châssis. La troisième ferme le passage et ouvre ses fenêtres tant vers le bourg que vers la mer. Arnaud et Elsa sont décidés à maintenir ces différences apparentes bien que l'intérieur constituera une structure unique.

- Les premiers étages comprendront les chambres et les salles de bain pour loger les hôtes, propose Arnaud.
- Je verrais bien un salon et un bureau au rez-de-chaussée.

- Bonne idée. Nous les installerons dans celle au bord de l'eau où se situera la seule entrée de ce côté.

- La surprise se situera aux derniers étages!

- C'est incroyable! D'un côté, on y accèdera discrètement par une porte banale au bout d'un quai de village tandis que, de l'autre, une étroite route en lacets nous y emmènera au travers des terrains plantés d'oliviers, de citronniers et de vignes.

- Passés les bâtiments de l'exploitation agricole, par le portique de pierres blanches fermé d'une double porte de bois, nous arriverons à notre jardin et à notre maison.

- Entre village et campagne, là où se termine la falaise et commence le plateau, nous vivrons dans une maison secrète! Peu ont la chance de connaître, même de deviner, l'incroyable beauté de ce lieu et la passion d'y vivre.

- Pas si secrète! Personne n'aura une telle maison! s'exclame Elsa. Il faudra la montrer.

A l'évidence, Arnaud et Elsa sont subjugués par cette propriété exceptionnelle. Chaque détail y est essentiel. La mer, par son infinité et par ses incessantes variétés de couleurs, apporte la paix de sa contemplation et des rêves de terres lointaines. L'eau de source des collines ruisselle sur la paroi de la salle de bain taillée dans le rocher avant de percoler jusqu'au rivage. Les arbres donnent des citrons à l'acidité domptée par le sucre du soleil et des olives douces et fermes, tous cueillis à maturité et transportés avec soin vers les marchés où ils sont immédiatement achetés tant ils sont appréciés. Les vignes produisent un vin rouge charpenté et un rosé délicat. Fruits de patience et de lumière!

De loin, cette propriété dépasse ce qu'ils avaient osé rêver mais aussi ce qu'ils étaient prêts à investir. Leurs moyens sont presque identiques. Ensemble, cela constitue une très grosse somme mais cela ne suffira pas.

- En plus d'engager tout ce dont nous disposons, nous devrons nous endetter pour un montant significatif, conclut Arnaud.

A nouveau, plusieurs fois, ils parcourent le jardin et l'habitation, allant de pièces en pièces. Longtemps, ils s'arrêtent dans la chambre, face à la mer, dont la salle de bain taillée dans la roche donne accès à la partie intérieure de la piscine. Aucun endroit ne les déçoit, au contraire. L'enchantement d'Arnaud et d'Elsa lors de leur première visite du 4 avril est encore accru par l'ambiance estivale.

- Alors, oui? demande Arnaud.

- Alors, oui!

- Mon ami m'a confirmé que la vente sera officiellement annoncée en octobre. Il m'a donné le nom du notaire qui sera en charge de la vente, Me Tarvenne à Nice. Je l'appelle dès aujourd'hui pour lui exprimer notre intérêt.

- Et la banque?

- Après mon appel au notaire, je téléphone à mon banquier. Ne nous tracassons pas pour ce prêt. Il sera accordé car nous apportons un capital important. En outre, la propriété a de la valeur et l'exploitation agricole marche très bien et rapporte un bénéfice.

3 novembre

Maître Jean-Hubert Tarvenne, Notaire à Nice, les accueille personnellement dans le grand hall du premier étage. Il est très distingué, sobre et réservé, à l'image de l'hôtel particulier où il tient son étude ainsi qu'à celle de ses vieux meubles provençaux. Après de brèves salutations, il les introduit dans une sombre salle de réunion. Les murs sont tapissés de bibliothèques en bois remplies de livres aux reliures de cuirs et d'ors. Au milieu, une longue table d'acajou est entourée d'une trentaine de fauteuils de cuir. Il les présente au vendeur, un grand quinquagénaire distant et taiseux en tenue sport, et à sa clerc, Sylvie Boisromain, très austère.

Arnaud et Elsa sont glacés par le caractère officiel et sévère des lieux et des personnages autant que par le rituel qui s'engage. Heureusement, la veille encore, ils ont eu l'occasion de passer de longs moments dans leur future propriété. Leurs contacts avec les exploitants de la partie agricole de la propriété ont été excellents. A nouveau, ils sont restés de longues heures dans les bâtiments d'habitation, profitant des vues exceptionnelles, de cette ambiance de villa romaine entre campagne, village et mer. Ce souvenir permet de maintenir intact leur enthousiasme malgré l'ambiance glaçante.

En moins d'un quart d'heure, le compromis d'achat de la propriété est signé. Le notaire estime avoir besoin de plus de temps qu'à l'occasion de la vente d'une seule maison pour préparer l'acte de vente d'une telle propriété composée d'une partie agricole exploitée par des métayers, de trois maisons en bord de village et de l'habitation dominant la mer. Cela convient à Arnaud et Elsa qui doivent attendre les actes définitifs de vente de leurs maisons ainsi que la conclusion de leurs divorces respectifs. Le vendeur qui n'est pas pressé de vendre, n'a besoin que de connaître la date de conclusion afin de mettre en route au moment adéquat un projet. Comme c'est la sécurité qui doit primer sur la précipitation, ils tombent d'accord sans difficulté pour fixer la signature de l'acte définitif au 2 mars, même si cela semble très loin.

Dès leur retour dans leur appartement de location, avec photos, notes et schémas, Arnaud et Elsa entament de nombreux contacts avec des entrepreneurs et équipementiers en préparation de l'aménagement de la "villa". Le dossier de demande de prêt hypothécaire est introduit auprès du banquier d'Arnaud, Miguel Cortepotlaute, petit personnage arrogant, prétentieux et sûr de lui, qui leur confirme d'emblée la haute probabilité qu'il soit accepté par le siège de la banque.

Elsa se sent valorisée par Arnaud dont le charme la comble. Elle tente d'imiter son efficacité. Son égocentrisme la pousse à tout exiger des futurs entrepreneurs, sans supporter de délai, alors que les travaux ne pourront commencer qu'en mars. Elle gère son divorce d'avec Leo Langeac de la même façon, sans émotion mais avec revendication. Etrangement, cela lui profite. Selon les commentaires de son avocat, cette rupture semble laisser son mari indifférent. Ses fils Alban et Lucas y cherchent leurs avantages et sont prompts à en trouver plusieurs, en particulier le prestige de la future villa sur la Côte qu'elle leur a décrite avec fougue.

Son agitation et ses exigences lui prennent du temps. Elle n'en consacre presque plus au golf, à peine un peu pour le tennis qu'elle ressent, à l'évidence, comme moins prestigieux. Toujours aussi apprêtée, un brin plus prétentieuse depuis leur projet immobilier, elle aime de plus en plus paraître.

Arnaud, à la fois subjugué par le projet de villa et par les minauderies amoureuses d'Elsa qui le flattent, s'active. Les deux maisons du Clos du Bonheur, celle des Strand et celle des Langeac ont été rapidement vendues et les compromis signés. Dans la foulée, Elsa a lancé la mise en vente de la maison de Provence héritée de sa grand-mère. Tous deux talonnent leurs notaires pour passer le plus rapidement possible les actes définitifs.

Maître Eric van Zee, l'avocat d'Arnaud, est régulièrement sollicité par ce dernier qui veut s'assurer de la rapidité de la procédure de divorce. Me Bastien du Rocq défend farouchement les intérêts d'Alix. La négociation est rude mais Arnaud est pressé. Les principes de consentement mutuel et de rapidité sont rapidement confirmés. Tout concentré sur ses affaires personnelles, il ne s'étonne pas qu'Alix, avec laquelle il n'a plus eu de contact depuis le 4 juin, les accepte si vite. Il attribue cela à sa propre générosité sur les aspects financiers, alors qu'il ne s'agit que de pure équité.

15 décembre

Arnaud et Elsa sont affairés.

Les actes de vente des deux maisons du Clos du Bonheur sont signés. Alix, pour l'une, et Leo Langeac, pour l'autre, ont envoyé des procurations. La signature de celui de la maison provençale d'Elsa est planifiée dans deux semaines. Miguel Cortepotlaute a transmis l'accord de la banque d'octroyer le prêt hypothécaire demandé.

- Nous y sommes? demande Elsa.

- C'est magnifique, s'enthousiasme Arnaud. Ta part de la maison du Clos te rapporte cinq cent mille et ta maison provençale la même somme. Tu ajoutes à cela ton épargne provenant de l'héritage de tes parents et tu disposes ainsi de deux millions. Comme, de mon côté, je dispose de la moitié de ma maison du Clos, de celle des épargnes et héritages et d'une avance sur mon capital-pension, j'arrive à la même somme.

- Avec le prêt bancaire, nous disposons donc d'un total de cinq millions qui couvre l'acquisition de la propriété et la rénovation de l'habitation.

- Quelle somme!

- Ensuite, nous serons presque à sec! ajoute Elsa.

- Bah! réagit Arnaud en haussant les épaules. Il en subsistera un petit montant pour faire face aux imprévus, J'ai aussi l'intention de poursuivre ma carrière encore plusieurs années. N'oublie pas que nous aurons les revenus de l'exploitation agricole de la Côte et il me reste encore une petite part de mon capital-pension que je n'ai pas dû partager avec Alix ...

- Elle ne s'en tire pas mal, ton ex-femme! l'interrompt brutalement Elsa.

Arnaud est vraiment surpris par cette déclaration.

- La moitié. Même un peu moins. Enfin, ... c'est normal, conclut-il. Et si Nina avait été plus jeune et sans revenu, j'aurais dû concéder beaucoup plus.

- N'en parlons plus! Finalement ce qui compte, ce sont les accords concernant nos divorces et l'acquisition de cette propriété de rêve.

- Ce sera bientôt une des plus étonnantes de cette région. Je peux t'assurer qu'elle connaîtra une plus-value impressionnante.

- Rappelle Me Tarvenne pour l'informer que nous disposons dès maintenant des fonds nécessaires et que nous attendons avec impatience le 2 mars.

- Bonne idée, je ferai cela un de ces prochains jours.

- Maintenant!

L'appel d'Arnaud est transféré chez Sylvie Boisromain, la clerc du notaire. De son traditionnel ton sec et sobre, elle le félicite pour cette excellente nouvelle et lui promet de leur envoyer sous peu le projet d'acte définitif et les détails bancaires pour le versement du montant de l'achat.

28 février

En réalité, ce 28 février est une journée durant laquelle il ne se passe rien qui soit digne d'être rapporté.

Une dernière fois, Arnaud vérifie la convention de prêt bancaire et appelle son banquier Eric van Zee pour s'assurer que le montant en sera bien disponible pour le 1° mars directement sur le compte de Me Tarvenne. Il ne consacre plus de temps à parcourir le texte de l'acte définitif dont la dernière version n'a plus généré de remarques ni de sa part ni de celle du vendeur.

Par précaution, il passe à sa banque pour s'assurer que les instructions de paiement sont bien enregistrées et que leur exécution se fera sans problème pour l'échéance fixée. Au même moment, Elsa procède à la même vérification, d'un ton qui énerve son conseiller qui lui confirme néanmoins fermement mais sèchement la bonne exécution des opérations.

Les contrats avec les entrepreneurs et équipementiers en charge de la rénovation sont prêts à être signés dès la passation de l'acte définitif.

Bref, tout a été rigoureusement préparé grâce à la redoutable efficacité d'Arnaud et malgré les interventions continues d'Elsa.

Sur l'insistance de celle-ci, il appelle Sylvie Boisromain pour confirmer, comme si c'était encore nécessaire, leur arrivée à l'étude le 2 mars à 15 heures ainsi que l'exécution des paiements.

Que dire de plus concernant le 28 février?

2 mars

A 13 heures 24, d'un coup, le grondement des moteurs va crescendo. La vibration se ressent dans les sièges. En 4H et 4K, Alix et Nina regardent par le hublot. Le Boeing 767 prend de la vitesse, se dresse et s'élance au-dessus de la lagune. Elles sont tendues. Une nouvelle vie commence. L'Air Canada AC1907 vers Toronto monte rapidement et tourne plein Nord. Le voilà déjà au-dessus du continent.

A sa suite, sur la piste de Marco Polo, l'Airbus A319 de British Airways, BA579 en direction de London Heathrow, s'envole. Enzo Majorana est assis au 7F. Il est fatigué.

Que dire de plus concernant le 2 mars?

2 mars

Il n'est pas encore 14 heures 45 quand Arnaud et Elsa se présentent à l'étude de Me Tarvenne pour la signature de l'acte d'achat de la propriété de la Côte, avec plus d'un quart d'heure d'avance sur l'heure fixée. Une secrétaire les conduit dans un petit bureau où Sylvie Boisromain les rejoint quasi immédiatement. Tendue et sévère, elle les salue sobrement et lance:

- Les fonds n'ont pas été versés. Nous les attendions pour hier au plus tard.

Elsa sursaute et la foudroie du regard, d'un air méprisant et accusateur mais elle n'a pas le temps de parler car Arnaud lance sèchement:

- Ce n'est pas normal. Nous avons fait exécuter les virements bien à temps

- Je ne peux que vous répéter que les fonds ne sont pas sur notre compte et que le vendeur va arriver dans quelques minutes.

- Vérifiez à nouveau auprès de votre banque!

- Je viens de le faire une nouvelle fois il y a moins d'une demi-heure!

- J'appelle ma banque! s'exclame Arnaud.

Il est livide. Organisé et professionnel, jamais une telle situation ne s'est présentée de toute sa carrière.

- Ah! Il ne manquait plus que cela, s'écrie-t-il. Mon smartphone me donne un message d'erreur. Donne-moi le tien, Elsa.

Celle-ci sort le sien de son sac à main et le tend à Arnaud qui ne parvient pas à l'allumer.

- Je comprends maintenant pourquoi je ne suis pas parvenue à vous joindre depuis ce matin, intervient la clerc. J'ai envoyé des mails et des textos mais toutes mes tentatives pour vous parler sur vos portables ont échoué. Utilisez le téléphone sur ce bureau.

La colère est évidente chez Arnaud mais il parvient à se maîtriser et à rester courtois. Sans attendre, il a son banquier en ligne, à qui il expose brièvement la situation. Après un silence, il se détend soudain et lance:

- Il vient de consulter les opérations. Tant le million du prêt que les deux de mon compte ont bien été transférés sur le compte de Me Tarvenne. Il a même les accusés de réception qui avaient été demandés dans les instructions de paiement. Elsa, s'il te plait, demande confirmation auprès de ta banque.

Celle-ci reçoit rapidement la certitude que les deux millions de son compte ont été bien reçus par Me Tarvenne.

- Cette situation est absurde, s'exclame Sylvie Boisromain qui vient entretemps d'encore interroger la banque de l'étude et de recevoir la même réponse négative. Je vais appeler Me Tarvenne.

A ce moment, la secrétaire passe la tête par la porte.

- Le vendeur est arrivé. Je l'ai installé dans la salle de réunion où aura lieu la signature. Désirez-vous déjà du café ici?

- J'en ai bien besoin! répond Arnaud.

A peine la secrétaire partie, la clerc revient avec le notaire. Il est sec dans ses salutations et affiche un visage préoccupé. Sylvie Boisromain résume rapidement la situation tandis qu'Arnaud sort des documents de son cartable.

- Regardez, dit-il. Voici les confirmations des ordres de paiement.

Le notaire s'en empare.

- Les montants sont corrects. C'est à mon nom. Madame Boisromain m'a dit que vos banquiers avaient reçu les accusés de réception. Incompréhensible!

La secrétaire entre et dispose les tasses de café sur le bureau. La clerc qui a pris les papiers des mains du notaire, s'exclame:

- Mais ce n'est pas notre numéro de compte! Et pourtant, c'est bien au nom de Me J-H. Tarvenne!

Au moment de sortir, la secrétaire dit:

- Il y en a un autre.

- De quoi parlez-vous, Clémentine? s'exclame le notaire.

- D'un autre notaire à Paris qui porte le même nom que vous. Je me souviens d'une confusion avec lui l'année dernière ...

La clerc allume l'ordinateur sur le bureau.

- Je vérifie dans l'annuaire des notaires.

Elle pianote quelques secondes:

- Jacques-Henri Tarvenne! crie-t-elle presque, et non pas Jean-Hubert!

Puis, consultant les papiers d'Arnaud:

- C'est bien son numéro de compte!

L'onde de soulagement se perçoit physiquement. Soupirs, visages plus détendus, hochements de tête.

- Je l'appelle! dit le notaire d'un ton de prédicateur.

- Je vais dire au vendeur que nous reportons à demain, annonce la clerc au notaire qui opine.

A son retour, elle murmure:

- Il est furieux.

La communication est rapidement établie. Par chance, le confrère homonyme est en son étude et il ne passe pas un acte.

- Cher Maître, je suis Jean-Hubert Tarvenne, notaire à Nice.

Il se tait, le temps d'une réponse de son interlocuteur.

- Ah! Vous me connaissez!

Nouveau silence.

- Oui, oui, ma secrétaire m'a évoqué une petite confusion entre nos noms l'année dernière. Personnellement, je n'avais jamais eu de dossier où le vôtre apparaissait.

Il est détendu. Il met le haut-parleur, invitant tout le monde à participer à la conclusion de ce quiproquo.

- Et, comme vous j'en suis sûr, poursuit-il, je suis suffisamment débordé de travail pour ne pas me distraire en consultant l'annuaire de notre profession, termine-t-il en riant.

Un petit rire poli lui répond.

- Je vous explique rapidement. Une nouvelle confusion de numéros de compte. J'attendais, avant-hier ou hier au plus tard, des fonds dans le cadre d'une importante opération immobilière, trois montants pour un total de cinq millions. Il se fait que ces montants ont été indûment versés sur votre compte …

- Pourriez-vous être plus précis, cher confrère? De qui les attendiez-vous?

A cette question banale, Jean-Hubert Tarvenne, soudain blême, coupe le haut-parleur.

- Je les attendais de Monsieur Arnaud Strand, de Madame Elsa Walcourt et d'ING, répond-il.

Un long silence s'installe.

- Maître? interroge le notaire niçois.

- Je ne vous comprends pas, lui répond son confrère de Paris. Je n'ai reçu aucun montant que je n'attendais pas. Il n'y a pas de raison de parler de confusion.

- Que voulez-vous dire?

- Rien d'autre que ce que je viens de vous dire. Dans le cadre d'une convention prévue, j'attendais ces montants des personnes que vous venez de nommer. A leur réception, j'ai donc exécuté la transaction pour laquelle j'avais été sollicité.

- Quelle transaction?

- Allons! cher confrère. Le secret de notre profession!

- Mais, ces fonds que j'attends …

- Vraiment désolé pour vous. Je crains que vous ayez été abusé.

Le notaire est blafard. La clerc encore plus renfermée qu'à son ordinaire. L'angoisse est visible sur les visages.

- Mais, bon sang, pourquoi avez-vous payé sur ce compte-là! s'écrie Tarvenne

- Je vous en prie, ne perdez pas votre sang froid et restez poli. J'ai suivi vos instructions, se fâche Arnaud

- Sylvie! crie le notaire.

La clerc est livide et concentrée sur l'écran. Pendant ce temps, Arnaud sort de ses dossiers les copies imprimées des messages reçus de l'étude:

- Regardez! Voici vos messages. Le numéro de compte sur lequel nous avons fait les paiements est bien celui qui est mentionné!

Pendant ce temps, Sylvie Boisromain a imprimé le résultat de ses recherches.

- Ce n'est pas vrai! C'est bien notre numéro de compte qui est mentionné. Voyez vous-même.

Les documents posés côte à côte sont parfaitement identiques, à un détail près: les numéros de compte sont différents.

- Voici ce que j'ai envoyé, déclare fermement la clerc.

- Voici ce que j'ai reçu, rétorque Arnaud.

Ensuite et toujours

Cette journée du 2 mars reste pour Arnaud la pire de sa vie. Tout bascule ce jour-là. Elsa, au fur et à mesure qu'elle prend conscience de l'ampleur du désastre et du peu d'espoir des éventuels recours, entre dans une rage qu'elle reporte contre Arnaud.

Très vite, celui-ci comprend ce qui est arrivé. Sa messagerie ainsi que celle d'Elsa ont été piratées. Pourquoi? Par qui? Comment? C'est incompréhensible. A son retour à l'hôtel, il constate que son ordinateur portable et la tablette d'Elsa sont tous deux hors d'usage, comme si les programmes et données avaient été effacés. Il mesure alors pleinement la gravité de leur situation.

Le retour depuis la Côte en compagnie d'Elsa est un véritable calvaire. Dans l'appartement, il est à peine surpris de constater que son ordinateur est également inutilisable. Toutes les preuves qui pouvaient démontrer sa bonne foi ont disparu.

Alors, commence pour Arnaud un long combat harassant.

Elsa le quitte dans la semaine, le menaçant de poursuites judiciaires, appuyée en ce sens par ses fils Alban et Lucas, entrés dans une violente colère à l'annonce de la disparition de la moitié du patrimoine dont ils devaient hériter. Heureusement pour Arnaud, jamais cette action en justice ne se concrétise car Elsa a participé comme lui, en toute conscience, aux diverses décisions ainsi qu'à l'exécution des ordres de paiement et qu'ils subissent tous les deux les mêmes conséquences.

Me Jean-Hubert Tarvenne qui est en réalité un homme de cœur derrière son allure sévère et sèche se borne à annuler sans indemnité la procédure d'achat et parvient à convaincre le vendeur à ne pas engager de recours en lui trouvant quasi immédiatement un autre acquéreur.

En conséquence, Arnaud se retrouve seul dans l'appartement de location, dépouillé de la majorité de son patrimoine et forcé, solidairement avec Elsa, à rembourser le prêt bancaire obtenu en vue de l'acquisition de la propriété. Il se remet au travail avec acharnement dans son bureau d'ingénieur.

Après des semaines sans nouvelles de Nina, qu'il n'a lui-même pas une fois tenté de joindre, il se décide enfin à l'appeler. Ses tentatives tant téléphoniques que celles par la messagerie se soldent par la même réponse: "pas d'abonné à ce numéro" ou "compte inexistant". Il retrouve dans ses dossiers les coordonnées de sa logeuse à Venise. La réponse de celle-ci le surprend:
- Son contrat de location s'est terminé fin février dernier. Depuis, je n'ai plus eu de contact avec elle.

Avec l'assistance de son avocat Eric van Zee, il dépose une plainte. Une enquête démarre, lentement. Au fil des mois, elle n'évolue que peu à peu. Un juge d'instruction décide d'engager une procédure qui lève le notaire Jacques-Henri Tarvenne de son obligation de secret ou, plus exactement le contraint d'expliquer le déroulement de la transaction pour laquelle les cinq millions ont transité par son compte.

Lorsqu'Arnaud apprend que tout démarra début février par une demande de rencontre de la part de Madame Alix Pasquet puis de la visite de celle-ci quelques jours plus tard, il crut perdre la raison.

- Alix! ne peut-il s'empêcher de s'écrier. Alix!

Le déroulement des faits fut le suivant. Celle-ci se recommanda d'une relation commune qui s'avéra ensuite être totalement étrangère à cette affaire et qui ne la connaissait que par des rencontres mondaines.

A Me Tarvenne, elle expliqua agir en vue de l'acquisition d'un domaine agricole au Canada appartenant à une société anonyme canadienne, dénommée "Cabanon". Elle lui demanda d'agir de concert avec un Avoué à Toronto. Celui-ci garantissait la libération des parts de cette société dès confirmation du paiement. Me Tarvenne devait recevoir les montants dédiés à cette acquisition sur le compte de son étude, émettre une attestation de leur réception et des preuves de leur transfert vers le compte de cette société chez Royal Bank of Canada. L'objectif était d'assurer à chaque partie la bonne exécution des obligations de la contrepartie.

C'était une opération inhabituelle mais parfaitement légale. Il accepta. Il reçut les fonds annoncés par Alix: trois fois deux millions d'un compte au nom d'Arnaud Strand, d'un autre au nom d'Elsa

Walcourt et d'un troisième au nom d'Alix Pasquet ainsi qu'un million d'ING avec la communication "Prêt".

Le 1° mars, à la réception des fonds, il expédia l'attestation à l'Avoué, accompagnée de la preuve de paiement à Royal Bank of Canada des sept millions, moins sa modeste commission.

Beaucoup plus tard durant l'enquête, il apparaît que selon les instructions reçues, l'Avoué canadien informa un trust de Hong Kong de l'arrivée des fonds et son rôle s'arrêta là.

Le compte de "Cabanon" fut clôturé peu après et son solde transféré sur un compte chez HSBC Hong Kong qui fut lui-même soldé peu après. Il fut impossible de retrouver la trace des bénéficiaires ultérieurs. L'enquête mit du temps avant d'aboutir à cette impasse.

En parallèle, des recherches "dans l'intérêt des familles" sont entamées. Il en résulte plusieurs informations, précises mais tellement partielles.

A 'Ca Foscari, les travaux d'étudiante et d'assistante de Nina Strand furent confirmés et sujets à de belles louanges. Elle quitta l'Université à l'échéance de son contrat, fin février. Personne n'avait connaissance de sa destination. Elle avait mené là une vie universitaire habituelle et personne n'avait remarqué sa relation avec Enzo.

Anna, sa logeuse indiqua avoir loué pendant quelques mois un autre studio à Alix Pasquet, mère de Nina. Elle n'avait aucune connaissance des fréquentations de Nina et d'Alix.

Les compagnies aériennes confirmèrent tant les voyages de Nina vers et depuis Venise, dont le dernier le 2 mars sur Air Canada AC1907 vers Toronto, en classe Business dite "Rouge Premium", que le vol d'Alix Pasquet vers Venise le 6 juin de l'année précédente, l'aller-retour de février et celui du 2 mars sur l'AC1907.

Dès leur départ de Venise, plus aucun signal n'émana de leurs ordinateurs et smartphones. Plus aucune connexion n'eut lieu à partir de leur messagerie ni de leur GSM. Leurs cartes bancaires furent utilisées les dernières fois du 3 au 5 mars pour payer à Toronto un hôtel, des restaurants, des taxis et des billets de train, des allers simples, vers Québec.

La convergence des renseignements vers une piste canadienne encourage le juge. L'enquête se poursuit au Canada sur l'insistance d'Arnaud qui se souvenait de ce vieux rêve d'Alix de s'y installer dans un domaine. Cela n'aboutit pas.

Un jour enfin, après plus de trois ans, car il n'y a pas le choix, le dossier est clôturé.

Arnaud, ainsi qu'Elsa de son côté, continuent à rembourser le prêt bancaire. Plus jamais, il n'entend parler d'Alix Pasquet ni de Nina Strand.

Depuis, Arnaud connaît la tristesse et le regret.

CÔTÉ FACE

Une vengeance ?

5 septembre.

Le Clos du Bonheur! Longtemps, Nina fut honteuse de donner son adresse. Durant ses années de lycée, du moins, où l'on se moquait d'elle. Par contre, à l'Université, ses amis ont d'emblée trouvé cela charmant. Le concept du bonheur serait-il associé à la culture? Il n'empêche, honte d'adolescente puis fierté de jeune adulte mises à part, que Nina était heureuse de sa famille que cette adresse caractérisait si bien.

Chez eux, ils parlaient de tout, de sciences, de société, de voyage, d'art. Peu de religion. Niveau social oblige? Nina n'était pas sûre que ses parents croyaient vraiment en un dieu ou l'autre.

Son père, ingénieur réputé et débordé, était probablement plus ou moins agnostique car il n'avait jamais eu le temps ni la motivation de se poser des questions à ce sujet.

Sa mère, artiste dans l'âme, ne concevait pas un univers sans spiritualité ni mystères mais elle restait indifférente aux règles et aux rites. Elle ne parlait pas de dieu, sauf en Ethnologie, en Histoire ou en Art bien sûr. En échange, elle avait un attachement profond à l'éthique et aux valeurs humaines.

- L'individu humain n'existe que par sa dignité et parfois, pendant un peu de temps, par les échos de ses créations, expliquait-elle à Nina.

Une fois, par hasard presque, elle avait ajouté:

- Le Paradis, il ne faut pas le chercher dans des ailleurs farfelus ou bling-bling lorsque l'on peut se le créer autour de soi.

A force d'entendre cela de temps à autre, en termes beaucoup plus simples quand elle était enfant, Nina partageait cette même conviction, tout en se sachant athée, sans ambiguïté et avec apaisement. L'arrivée des Langeac et leur déplaisante arrogance l'avaient surprise et dérangée car rien ne l'avait préparée à la confrontation avec de tels égocentriques. Heureusement, elle n'y attacha qu'une piètre importance, toute occupée à sa prochaine installation à la *Foscari*. Venise!

Elle savait bien que son père avait raison chaque fois qu'il lui répétait:

- Boston aurait mieux convenu à tes compétences et à tes ambitions.

Une mère aussi historienne, passionnée et artiste que la sienne, avait cependant joué une influence considérable, sans qu'au départ aucune d'elles n'en fut consciente ni ensuite prête à le reconnaître.

- Etrange, s'était-elle dit. Papa prétend que M'am rêve d'aller au Canada tandis qu'elle ne me parle avec passion que de Venise.

Nina était enthousiaste de partir vivre dans cette ville exceptionnelle. Plusieurs années plus tôt, elle l'avait découverte en compagnie de ses parents. Leur arrivée en voiture jusqu'au parking au bout du long pont de la Liberté l'avait inquiétée. Heureusement, le *Canalasso*[28] puis les labyrinthes de ruelles l'avaient fascinée. Son

---

[28] Grand Canal (en vénitien)

72

récent bref séjour, requis pour son inscription à l'Université, l'avait profondément interpellée. A condition de s'abstraire des foules, cette cité est fœtale et intime. Pourtant, à nouveau, l'arrivée par la gare l'avait attristée. Grâce au souvenir de sa précédente visite, elle savait qu'il fallait vite s'échapper des axes fréquentés par des voies détournées pour retrouver la magie.

Si elle était triste de quitter ses parents pour tant de mois, elle s'en consolait en se disant que c'était pour cette ville là.

Le Clos du Bonheur était le lieu exceptionnel de son enfance et de sa jeunesse. Elle n'avait aucun souvenir qu'un des habitants n'en soit jamais parti. Personne ne quitte un tel lieu! Dès lors, aucun autre n'avait pu venir s'y installer. A part maintenant ces Langeac ! Parce que les Sartmoulin, en fin de vie, avaient dû se résoudre à vendre leur maison pour se terrer dans une maison de retraite et de soins. Quelle tristesse! Nina les avait toujours connus et avait pitié de ce destin que l'âge et leur santé fragile leur imposaient.

Ces Langeac, arrogants, antipathiques et égotiques n'étaient pas à leur place là. C'était donc le bon moment pour partir! Bien qu'il n'y en ait jamais de bon pour quitter une famille comme la sienne.
- Ne prends pas cet air triste, M'am. Tu viendras me voir souvent et te réfugier dans la lagune protectrice.

15 septembre.

Pour traverser la lagune, depuis les pontons au bout du long couloir à tapis roulant de l'aéroport Marco Polo jusqu'à la Fondamenta della Misericordia, le bateau taxi aurait été plus fascinant et beaucoup plus confortable. Hélas, c'était au-dessus des moyens de Nina. Elle acheta un billet aller simple pour l'Alilaguna Aranzia qu'elle quitta à Orto, le premier arrêt. Le poids de sa valise et de ses sacs exigea des allers et retours lors des passages des ponts sur le Rio de Sant'Alvise, face à Madonna del Orto, puis, au bout du Campo dei Mori, sur celui de la Sensa. Haletante, elle arriva au *Ponte dell'Aseo,* sans se douter qu'elle aurait près de cent marches à escalader pour atteindre son studio au troisième étage. Le hasard l'avait conduite dans le Cannaregio, pas loin du ghetto, bien que ce quartier soit éloigné des bâtiments de l'Université.

- Vous avez l'air épuisée, dit en l'accueillant la logeuse qui se présenta comme Anna et qui devait certainement être *contessa* ainsi que son allure invitait à le croire.

- De lourds bagages ne font pas bon ménage avec les ponts vénitiens ni avec les escaliers d'un palais du 17° siècle!

- Vous venez de Piazzale Roma?

- Lors de ma première visite en compagnie de mes parents nous nous y étions garés. En arrivant, j'ai trouvé ce lieu peu agréable et, en repartant, il m'a paru atroce. Pour éviter cette sinistre ambiance, j'ai pris le motoscafo jusqu'à Orto.

- Vous avez raison. Il faut préférer la lagune au Pont de la Liberté!

- Lorsque je suis revenue pour m'inscrire à *Ca'Foscari*, j'ai pris le train depuis Paris. Je n'ai pas aimé l'arrivée à Santa Lucia par le Pont des Lagunes qui longe cet axe routier.

- Héritages de l'occupation autrichienne et de la période fasciste! Je constate que vous aimez déjà notre ville au point d'avoir décelé ce qui la défigurait: Piazzale Roma, Ferrovia, Tronchetto. Ces accès sont le déni de l'invention de Venise. Dans les îlots primitifs, les premiers habitants se sont réfugiés pour échapper aux barbares du continent. Elle était protégée par l'absence de liens avec la terre ferme! Au bord de ces deux ponts invasifs, il ne subsiste là que l'Isola San Secondo comme témoin de l'origine de la cité lagunaire isolée.

- Et le terminal maritime? demanda Nina.

- Il n'aurait jamais dû exister! Lui aussi permet aux nouveaux barbares d'accéder à la cité alors qu'elle était protégée par la lagune dont seulement quelques canaux secrets n'en rendaient que dix pourcents navigables. Honte aux capitaines d'ici qui les ont dévoilés pour une poignée de deniers. Plus de trente, sûrement. Aujourd'hui, tout se paie cher! Surtout son âme.

- Ce dont nous parlons, c'est "la tête du poisson vénitien". Selon l'invention d'un écrivain[29], n'est-ce-pas? interrogea Nina.

---

[29] Tiziano Scarpa, *Venezia è un pesce*, Feltrinelli, 2000 (*Venise est un poisson*, Christian Bourgois, 2002)

- Il faudrait la lui couper! s'exclama la *contessa.*

- A l'écrivain? s'amusa Nina.

- Rendons à Venise l'insularité qui a motivé sa naissance, affirma Anna. Elle s'est bien passée de tels liens au continent pendant ses siècles de gloire.

Ainsi, en une conversation de peu de minutes, Nina devint Vénitienne. Avant de s'occuper de ses bagages, elle descendit les trois étages et parcourut la Fondamenta dei Ormessini. Elle y acheta des poires. A *l'Arte della Pizza,* calle del'Aseo, elle emporta un petit pain gris et deux morceaux de pizza, un aux herbes, l'autre au saucisson piquant. Ses vêtements lui apprirent rapidement qu'il ne fallait pas en abuser.

Très tôt, le lendemain matin suivant, Nina prit le vaporetto Linea Uno à San Marcuola jusqu'à l'arrêt San Toma où elle prit ensuite l'habitude de descendre, pour se rendre à *Ca'Foscari.* Elle passa une heure en compagnie du professeur de finances internationales dont elle allait être l'assistante puis, après avoir traité une masse de paperasses administratives, elle déjeuna avec le sponsor de son *PhD en Computer Science.*

20 décembre

Le samedi soir, quelle que soit la température, parcourir quelques zones de la Misericordia et des Ormesini n'est possible qu'à force de patience et de *scusi* courtois pour fendre la masse de jeunes accumulés depuis le bord du rio jusqu'aux portes des bars. Ce soir-là, veille de l'hiver, il faisait vraiment glacial. Même Nina, pourtant née proche des frimas "nordiques", selon la définition des italiens, grelottait. Peut-être pour se réchauffer, les groupes étaient serrés, plus nombreux que d'habitude. Noël approchait. Les cours étaient suspendus dans toutes les facultés. L'esprit était à la fête. Une fine neige poudreuse voltigeait depuis plus de deux heures et couvrait les bonnets et les épaules d'un scintillement immaculé.

Pendant la journée, le ciel fut limpide et le froid piquant. Vue depuis les Fondamente Nuove, la chaîne des Dolomites étincelait au-delà de la lagune. L'air était si pur à midi que lorsque les avions en approche de Marco Polo passaient devant ce décor de blanc bleuté, il était possible à l'œil nu de reconnaître leur sigle sur l'empennage. L'après-midi, le vent s'était levé, amenant du Nord un souffle polaire et une épaisse et sombre nébulosité.

Souvent, les mêmes jeunes se rassemblaient plus tôt sur le campo Santa Margherita. Nina y rejoignit des collègues en début de soirée. En peu de semaines, elle avait tissé un réseau relationnel impressionnant tant chez les enseignants, chercheurs et doctorants que chez les étudiants de la spécialisation en informatique. Du fait de sa double fonction d'assistante et d'étudiante, elle travaillait énormément mais ne se privait jamais de ces rassemblements.

Après avoir quitté ceux qui s'attardaient au Caffè Rosso à Santa Margherita, elle revint un bref moment à son studio. Elle en affronta les "cents marches" pour une douche rapide, mais bien chaude, et pour se vêtir en prévision de la nuit hivernale. Bien que les larges fenêtres et la petite terrasse offraient une vue sur les toits qui la passionnaient, elle ne résista pas à un nouvel appel festif. Elle ne contempla pas le panorama des Turchi, du Campanile de San Marco, des clochers de San Marcuola et des Frari, des coupoles de San Gerémia et de San Simeone Piccolo mais descendit l'escalier en sautillant.

En claquant la porte, elle hésita. Vers le Paradiso Perduto ou vers le Pub da Aldo et la Birreria Zanon? Ce ne fut que pour éviter un groupe trop bruyant qui ne parlait qu'anglais, qu'elle partit à droite vers le Sotoportego dei Lustraferi. Quelques mètres plus loin, elle fut interpelée:

- Nina!

- Ciao Enzo! Tu prends l'apéro dehors pour garder ton vin blanc bien frais?

- Les amis, Nina! La chaleur humaine! Il n'y a que cela qui compte. Voilà pourquoi il faut rester dehors. Je vais te chercher à boire. Vin? Spritz?

- Spritz!

- Dolce ou bitter?

- Bitter! Uniquement pour la couleur car son amertume me fait frissonner.

- C'est un bon moyen pour le boire lentement. Donc moins.

Lorsqu'il revint avec le grand verre rouge vif garni d'une demi-tranche de citron et d'une grosse olive verte, elle lui fit un sourire radieux. A la première gorgée, elle fit une légère grimace et eut le frisson annoncé. Il rit en l'observant.

- J'espérais te voir, Nina.

- Il fallait me téléphoner.

- Laisser au destin le soin de décider d'une rencontre est plus romantique et crée un souvenir plus impérissable qu'un appel au moyen d'un portable, ne penses-tu pas?

Un mouvement de la foule poussa soudain Nina contre lui. Il la retint en la prenant par l'épaule. Elle s'y appuya et ils restèrent ainsi à discuter entre eux et avec les nombreuses connaissances qui passaient. Elle ne ressentait plus le froid et ne n'éprouvait aucune fatigue. Enzo Majorana était grand et costaud. Son ample chevelure avait la couleur de la paille après un été très sec et sa peau était légèrement bistre comme si, trop peu basanée d'origine, elle avait été longtemps exposée au soleil. Elle se sentait en sécurité et heureuse.

Comme elle, il préparait un "PhD Computer Science". Dès leur première rencontre, la semaine de l'arrivée de Nina, ils échangèrent des regards complices. Ils s'assirent chaque fois côte à côte dans les auditoires et se retrouvèrent dans la même bande d'amis.

Très vite, Nina se demanda pourquoi il s'était inscrit à cette spécialisation à la *Foscari*.

- Pour quelle raison suit-il ces cours? se demanda-t-elle après avoir entendu ses premières interventions. Ce type est un génie, un virtuose de l'informatique. Qu'a-t-il encore à apprendre? Il ferait mieux d'enseigner. Ou d'être au MIT.

Quand elle se décida à l'interroger, il sourit.

- Pour me perfectionner en Italien, répondit-il à la surprise de Nina car il le parlait parfaitement.

Il rit de son étonnement.

- Je plaisante, bien sûr. Mes grands-parents étaient Siciliens.

Elle regarda sa chevelure blonde d'un air si étonné qu'il se sentit obligé de se justifier:

- Tu sais, les Vikings sont allés jusque-là.

Il poursuivit d'un air plus sérieux:

- Mes grands-parents sont venus s'installer à Venise où j'ai encore des cousins. En réalité, ceux-ci ont migré dans les faubourgs de Mestre. A part ma petite chambre près de l'Université, pour la facilité, c'est chez eux que je me suis installé. Je m'entends bien avec eux, Mario, Riccardo et la jeune et belle Paula. Accompagne-moi un de ces jours pour faire leur connaissance. Tu verras, tu vas les adorer.

- Plus tard, volontiers, répondit-elle. Dans trois jours, je retourne chez mes parents pour les vacances.

- Allons-y dès après-demain. Ce n'est pas loin de l'aéroport. Je t'y déposerai ensuite. Puis moi aussi, j'irai rejoindre mes parents pour Noël.

Une chose était sûre: comment auraient-ils pu ne pas se rencontrer? Ils se l'avouèrent ce soir-là. Dès le premier regard, ils avaient acquis la certitude de leur amour.

10 janvier

Ni les balades dans les magasins de Paris avec Alix, ni le réveillon de Nouvel An avec ses d'amis de jeunesse n'effacèrent l'image du sapin ni les émotions du séjour de Noël au Clos du Bonheur. L'ambiance familiale imprégnait encore Nina à son retour à Venise. Elle reprit ses activités dès le 4 janvier dans la cité lagunaire éteinte par la fatigue des festivités. En fin d'après-midi, elle s'échappa plus tôt que d'habitude de Ca' Foscari. Au quai du rio, Paula et Riccardo, deux des cousins d'Enzo, l'embarquèrent dans leur canot. Ils remontèrent le Canaletto jusqu'au Rio de Noal pour filer ensuite vers les quais de l'aéroport San Marco.

Aussitôt accostés, Nina se précipita sur la succession de tapis roulants en direction du hall des arrivées. Les écrans qu'elle scrutait lui confirmaient à chaque fois l'arrivée du vol d'Enzo. Tout occupés par leur émotion, ils ne s'étaient même pas demandé avant de se quitter où ils rejoindraient leurs parents respectifs pour les fêtes.

Deux jours plus tôt, elle avait reçu un bref message: "Je reviens par le BA2586 de Londres le 10/01 à 19h05. Tu viens me chercher? Je suis si impatient de te revoir".

A l'instant où elle aboutit devant la sortie des douanes, Enzo arriva et elle se jeta dans ses bras. Le trajet de retour vers le quai prit beaucoup plus de temps car ils se laissèrent porter sans marcher par les bandes transportrices.

- Tes parents habitent en Angleterre? demanda Nina tandis qu'ils approchaient de la lagune.

- Pas du tout! répondit Enzo en riant. En Nouvelle-Zélande. Je viens d'Auckland avec une correspondance à Londres.

La surprise de Nina se lut sur son visage.

- C'est vrai que nous n'avons jamais parlé de cela, dit-il en la serrant dans ces bras. Après quelques années difficiles ici, mes grands-parents paternels et maternels ont migré aux antipodes. C'est là que je suis né. Et toi aussi, tu es revenue d'un bout du monde?

- Oui, répondit Nina en plissant les yeux d'une façon malicieuse, d'un lieu magique qui s'appelle le Clos du Bonheur. Je te raconterai.

La conversation s'interrompit au sommet de l'escalateur en dessous duquel les cousins les attendaient dans le canot. A vive allure, ils repartirent vers la cité, dépassant un Alilaguna pour éviter le tangage provoqué par son sillage, sans parvenir cependant à échapper à ceux des taxis aux moteurs plus puissants. Nina reprit la parole:

- Mon séjour familial s'est très bien passé. Quelle joie de revivre ce moment de Noël avec mes parents. Pour toi aussi, j'espère.

- Un grand bonheur de retrouver mes parents qui vont très bien. Par contre, j'ai appris que mon oncle Francesco est gravement malade et cela me peine énormément.

- Je suis désolée. De mon côté, le seul bémol est que mon père m'a paru très étrange durant tout mon séjour. Jamais, je ne l'avais vu ainsi.

- Surcharge de travail? suggèra Enzo.

- Il a toujours été surchargé sans que sa fatigue ne nous fût perceptible. Je me demande vraiment ce qui se passe. J'ai peur d'une maladie.

- Peut-être que tout le monde change un jour et devient plus sensible à la pression ou se laisse envahir par des rêves étranges ...

- Des rêves étranges! De quoi parles-tu?

- Souvent, on croit que tout est clair. On avance sans se poser de question. Par exemple, je suis venu ici pour me relier avec mes racines ancestrales plus que pour enrichir mes compétences en informatique. Cependant, j'ai été surpris par un phénomène inattendu, immédiatement devenu essentiel et indispensable.

- Ah bon! Et qu'as-tu découvert de si essentiel et de si indispensable?

- Toi!

14 mars

La barque glissait doucement dans la passe entre Vignole et Mazzorbo. Enzo coupa le moteur pour profiter du silence magique qui s'offrait à eux dans l'annonce de crépuscule tandis qu'aucun autre bateau n'était visible autour d'eux. Des oiseaux picoraient paisiblement sur la berge, sans empressement car la nuit approchait et que l'aube bientôt offrirait les mêmes nourritures. Un grand échassier blanc les regarda, assez indifférent par son habitude des voyageurs saisonniers. Enzo l'entoura de son bras. Nina s'appuya contre lui. Regardaient-ils la berge? Rêvaient-ils, le regard perdu dans le lointain? Etaient-ils tout simplement absents du monde qui les entourait et hors du temps, plongés dans la tendresse et la conscience de leur amour.

- Regarde, dit Nina en montrant du doigt la rive gauche où une parcelle laissait percevoir des annonces de végétation, l'hiver abandonne son rôle de froid. Dans peu de temps les forces de la terre vont s'imposer.

- Nina! réagit Enzo qui resta silencieux un long moment, tu parles très bien de la terre.

L'émotion était visible dans ses regards, entre ses fines caresses, perceptible dans son silence et la manière dont il l'entourait de ses bras. Etait-ce pour la protéger de l'humidité fraîche qui montait de la surface de l'eau et des souffles de vent que le soleil couché ne revigorait plus, qu'il la serrait si fort? Elle était telle qu'elle était apparue la première fois. Ce qu'elle venait de dire de la terre n'était pas pour lui un étonnement mais une confirmation.

- Mes parents possèdent une propriété en Nouvelle-Zélande. Ce n'est pas grandiose mais cela marche plutôt bien. Mes grands-parents paternels et maternels ont immigré là-bas lorsque leurs enfants étaient encore jeunes, sans le sou mais avec la volonté farouche de sortir de la pauvreté,. Ils se sont associés pour créer cette exploitation. Ils ont travaillé avec acharnement ainsi que mes parents et mon oncle Francesco. Cette chaîne d'efforts a créé de beaux résultats. A l'échelle des propriétés italiennes, c'est gigantesque tandis que là-bas, comme dans beaucoup de pays de conquête, c'est normal, presque modeste.

Nina le regarda d'un air dubitatif:

- Modeste?

- Ce mot n'est peut-être pas le plus adéquat. Pourtant, je t'assure que contrairement aux apparences, ce domaine n'a rien d'extravagant: des bovidés, des ovins, des pâturages et des cultures complémentaires pour les nourrir, quelques vignes qui, soit dit en passant, produisent de beaux vins dignes des meilleurs de Campanie et des Pouilles.

- C'est très impressionnant, constata Nina qui n'avait pas grand-chose à dire sur ce type de sujet. Enzo relança le moteur pendant quelques secondes pour pousser la barque vers la rive. Puis, il reprit la parole:

- Lors de mon séjour de Noël, mes parents m'ont beaucoup parlé de cette propriété qui, avec mon unique oncle Francesco, leur appartient entièrement. Ils aspirent au repos et mon oncle Francesco qui est veuf depuis longtemps et qui n'a pas eu d'enfant, est atteint d'une maladie qui ne lui laisse aucun espoir et peu d'années à vivre, quelque mois peut-être.

Un silence s'installa tandis que la barque accostait et qu'Enzo l'arrimait sur un quai isolé. Il aida Nina à quitter l'embarcation et la prit dans ses bras.

- Tu sais, Nina, j'en suis le seul héritier. Ce domaine m'incombera plus tard. Bientôt, devrais-je dire. Il faudra encore l'améliorer et l'agrandir. Cela exigera des investissements et beaucoup d'énergie.

L'angoisse de perdre Enzo étreignit Nina qui fut incapable de parler et dont les yeux se figèrent.

- Nina, j'aimerais réaliser ce projet avec toi!

- Un domaine agricole! s'exclama-t-elle. Je ne comprends rien. Tu es passionné d'informatique de pointe. Tous les commentaires que j'entends sur toi à ce sujet sont élogieux. J'étais sûre que tu allais te lancer dans une carrière académique et d'entrepreneur dans cette spécialité.

- Je sais, je sais. La vie n'est pas si simple. C'est exact, l'informatique était ma première passion. Maintenant, j'en ai trois et il me faut choisir laquelle abandonner.

- Trois?

Il marqua un temps, la serra contre lui et l'embrassa avant de répondre:

- Tu es devenue la première. C'est depuis que je te connais que je rêve de ce grand domaine que nous gèrerions à deux. Nous y serions beaucoup plus heureux que si je devais passer mes journées en solitaire devant un ordinateur.

- Mais pourquoi pas? Avec une Maîtrise en Economie et Finance et un *PhD Computer Science*, devenir agricultrice, quelle bonne idée!

- Ne te moque pas. Je ne te parle pas d'un lopin de terre à labourer et de quelques vaches à traire mais d'une immense exploitation avec bovins, ovins, vignes sur des hectares, tout cela se comptant en dizaines de milliers et d'une qualité qui devra être reconnue sur les cinq continents.

Le soleil se couchait. Îles et lagune étaient teintées de ses rayons de feu.

- Décidément, tu trouves les mots qu'il faut pour séduire une femme, l'interrompit Nina en riant puis en l'embrassant avec fougue.

18 juin

Ce matin, le soleil n'est pas encore levé lorsque Nina, Enzo et Alix s'installent dans la barque des cousins Mario, Riccardo et Paula. Depuis son arrivée le 6 juin, elle reste sous le choc du départ d'Arnaud. Trop blessée pour aimer circuler dans la foule, Alix les accompagne car elle ne peut pas cependant supporter de rester seule une journée entière dans l'appartement même si la vue sur les toits de Venise est apaisante.

L'intention est d'aller à six directement "aux provisions". Ils quittent les Fondamente Nuove et filent rapidement vers le Nord-Est, longeant Vignole par le Nord, en direction de Sant'Erasmo où leur objectif est d'y faire le plein de légumes. Une idée étrange lorsque l'on sait que les cultivateurs chez lesquels ils se rendent, prennent commande et livrent directement à Venise. Il est vrai que leurs achats sur place en grande quantité, en prévision d'un diner pour une large assemblée le lendemain leur permet de gagner une belle ristourne et surtout une passionnante anecdote de "cueillette sur place" à raconter aux convives pour les mettre en appétit. Voilà qui justifie aussi leur étape suivante. Ils avancent vers le Sud, à l'Est de Vignole, cette fois, dépassant Sant'Andrea et Certosa puis longeant longtemps le Lido puis Pallestrina. Aller acheter des poissons à la criée de Chioggia! Comme si on n'en vendait pas à la Pescaria! Mais, à nouveau, quand ils raconteront cela demain à leurs amis, ceux-ci découvriront des saveurs bien plus subtiles qu'ordinaire.

Le retour se fait sans escale. Alix se laisse porter par les flots et l'insouciance. L'isolement et les conversations des cinq jeunes la ramènent à la vie. La lagune est impressionnante. Mario, le pilote, sillonne entre les bancs de sable avec la connaissance des chenaux, héritée des anciens. Combien de gens, avant Alix, ne se sont-ils pas réfugiés ici pour échapper aux barbares.

Les jeunes parlent de leur vie à Venise, de leurs études et de leurs projets.

- Eh, Enzo! dit Paula. On dit de toi que tu es un des meilleurs informaticiens.

- Malgré son incroyable talent en ce domaine, il veut retourner "à la terre", répond Nina.

- A la terre? demande Alix dont le regard est perdu dans les couleurs de la lagune et dont la main effleure des vagues au bord de la coque.

Enzo sait qu'il est le seul à pouvoir répondre. Il parle de ses grands-parents, de ses parents, de son oncle Francesco et de leur exploitation agricole. Son récit est si passionnant qu'Alix spontanément raconte son rêve d'adolescente de s'installer dans un domaine au Canada.

- Ton père s'est toujours moqué de moi lorsque j'en parlais, continue-t-elle en riant.

Nina qui se souvient de cela, est saisie par cette soudaine désinvolture. Face à cet étonnement, Alix est elle-même surprise.

Enzo qui observe cela, veut reprendre son discours mais Alix l'interroge:

- Dans quelle région d'Italie est votre propriété?

- Mais … ce n'est pas en Italie, répond Enzo. Ni au Canada. Je pensais que Nina l'avait expliqué.

- Hélas, non. Comme tu sais un pénible sujet nous a occupées … Où est-il?

- En Nouvelle-Zélande.

Alix est terrifiée par cette réponse. Ce sont les antipodes et Nina irait là-bas… Enzo ne laisse pas de temps à son angoisse que la pâleur de son visage révèle:

- Rassure-toi. Après la trahison que tu viens de subir, ton avenir est là-bas aussi, avec nous.

Alix écarquille les yeux de surprise. Enzo ne lui laisse pas le temps de réagir et continue avec passion:

- L'idée, je veux dire notre idée à Nina et moi, est ambitieuse. Il ne s'agit pas seulement de reprendre l'exploitation existante mais de la développer considérablement. Un de nos voisins souhaite vendre son très grand domaine. C'est un Canadien d'origine, aujourd'hui âgé. Il est issu d'un milieu très pauvre et marginal où tous ses rêves étaient objet de moquerie de la part de sa famille qui était une bande de fainéants. Un jour, il en eut assez et il émigra en Nouvelle-Zélande où il s'installa dans un cabanon, ainsi qu'il l'appelait, sur un petit lopin de terre. Lorsqu'il annonça cela, il devint la risée de sa famille. Vexé, jamais il ne leur dit qu'à force de travail, d'initiative, de prise de risques, d'enthousiasme entrepreneurial, et de chance, il monta une exploitation magnifique. Maintenant, il souhaite vendre son "lopin" et son "cabanon". Il envisage de retourner un moment au Canada pour surprendre sa famille par sa réussite mais surtout pour se reposer et pour voyager. Nous voudrions racheter cela. Son prix sera raisonnable mais c'est quand même très grand. Nous aurons besoin de moyens. Mes parents et mon oncle Francesco nous aideront. Espérons que les banquiers nous soutiennent.

- J'ai de l'épargne personnelle venant de mes parents, annonce Alix, et …

Soudain, paralysée et muette, elle fixe les reflets changeants du soleil sur les ondes de la lagune. Personne ne prend la parole.

- Mon avocat m'a déjà certifié que j'aurai la moitié de notre maison et de notre épargne, ainsi qu'une part du capital-pension d'Arnaud.

Nina détourne la tête.

La barque a déjà doublé Sant'Angelo della Povere et San Giorgio in Alga. Elle passe à l'Ouest de l'Isola delle Tresse. Bientôt, elle passera sous les ponts ferroviaire et routier, entre l'île San Secundo et la partie défigurée de Venise.

6 août

La rage de Nina ne s'apaise pas.

Le Clos du Bonheur? Le Clos du Malheur, plutôt! Il aura suffi d'un 4x4 prétentieux, vert de surcroit, précédé d'un attelage de déménageurs, bleu celui-là, pour que tout s'effondre. Nina n'est pas dupe. La violence, les guerres, les séismes ont chassé irrémédiablement des masses de désespérés de chez eux. Ce qui lui arrive ainsi qu'à Alix est bien moindre mais impardonnable. S'il est impossible d'empêcher les drames collectifs ou accidentels, personne ne peut se permettre une trahison comme celle commise par son père. Surtout pas en annulant d'un coup son passé d'enfant. Surtout pas en détruisant sa mère. Elle ne peut pas accepter la tristesse qui ne quitte plus le visage d'Alix, même quand elle sourit, ce qu'elle se force à faire le plus souvent possible quand elle se sent regardée. Comment pourrait-elle affronter son avenir sans l'amour d'Enzo, si celui-ci ne s'occupait pas d'Alix avec tant d'attention, s'ils n'avaient pas ensemble ce projet ambitieux de grand domaine?

Avec une incroyable précision, elle se souvient de sa conversation de mi-juin avec Enzo:

- Mon père demande officiellement le divorce. Il est assisté d'Éric van Zee, un célèbre avocat qui a la réputation d'être une brute. Maman doit être protégée, Enzo! Que pouvons-nous faire?

- Alix doit prendre aussi un avocat.

- Bien sûr. Elle a fait appel à Me Bastien du Rocq. Je crois cependant que cela ne suffit pas. Il faudrait anticiper leurs interventions, connaître leur stratégie, … je ne sais pas …

Enzo était resté silencieux, concentré.

Deux jours avant son départ pour le Clos du Bonheur afin de reprendre ses affaires et celles d'Alix, elle avait passé la soirée dans son appartement de la maison des cousins à Mestre. Il l'avait emmenée dans son bureau comme il l'appelle tandis qu'elle qualifie cet endroit de magasin d'ordinateurs.

- Mets cette pochette dans ton bagage de soute. Elle contient quelques composants informatiques, des gants chirurgicaux et de petits tournevis de précision. Regarde bien, je vais te montrer comment les utiliser pour ouvrir l'arrière d'un ordinateur et comment installer les composants.

- Mais je n'ai pas besoin de réparer moi-même mon ordinateur quand je serai chez moi, je veux dire au Clos du Bonheur …

- Nina! Ecoute. Il ne s'agit pas de réparer ton ordinateur mais d'installer des "espions" dans les machines de ton père et de sa maîtresse. Ainsi, nous pourrons être informés des mauvais coups qu'ils pourraient tenter au préjudice d'Alix.

- Ah!

- Maintenant, entraîne-toi bien. Je vais te montrer comment en dix minutes tu pourras les ouvrir, insérer les composants que je vais t'indiquer et les refermer.

- Aussi simple que cela?

- Pas vraiment! Tous ces engins, fixes, portables ou en format tablettes, et selon les marques et années, sont différents mais les principes de base sont identiques.

- Les principes de base! souffle Nina d'un air affolé.

- Je vais te montrer les configurations les plus courantes. Je pense que cela devrait suffire. De toute façon, tu m'appelleras dès que tu commences et tu pourras m'envoyer en direct des photos de ce que tu verras.

- Ouf! Je n'ai aucun talent d'espionne ni de technicienne...

- Heureusement! Tes talents à toi sont bien plus nobles et importants. Cette fois, c'est ton affection pour Alix qui prime. Nous allons l'aider tous les deux. Tu sais, Nina, je tiens vraiment à ce que la grand-mère de mes futurs enfants soit la plus heureuse possible!

Evidemment, après une telle déclaration, même prononcée d'un ton banal, ils perdirent pas mal de temps dans la formation d'espionne de Nina en faisant passionnément l'amour.

Nina sourit enfin. Elle se souvient avec précision de cette scène. Cela l'apaise et lui donne du courage. A vingt heures, elle entre dans l'appartement provisoire qu'Arnaud et Elsa louent. Quelques lampes allumées et des portes fermées délimitent le périmètre dans lequel elle a le droit de circuler.

- Que c'est mesquin, pense-t-elle, mais, je comprends, cela les ennuie mais ils n'avaient pas beaucoup de choix!

Comme annoncé par son père, ils sont partis chez des amis et ne reviendront pas avant minuit. Elle dépose son sac sur le lit de la chambre d'amis et en sort la trousse préparée par Enzo. Les tentures du bureau, dont la porte n'est pas fermée, sont closes. Elle allume la lampe.

- Si tu as de la chance, ... avait dit Enzo.

Elle en a. Modèle semblable à celui de l'apprentissage. En deux minutes, elle ouvre le capot, retire les circuits, y fiche les composants indiqués par Enzo, referme. Elle met l'ordinateur sous tension et appelle Enzo.

- Le fixe est équipé, dit-elle.

- OK, répond-il, je m'en occupe. Reste en ligne et prépare les portables.

Dans le hall, les bagages d'Arnaud et Elsa sont prêts pour le départ du lendemain. Un à un, elle sort les ordinateurs portables des sacoches à bandoulière puis la tablette d'Elsa d'un sac de voyage. A chaque fois, elle procède à l'ouverture et demande l'assistance d'Enzo dont les explications sont d'une incroyable précision. Un moment, un flash lui passe à l'esprit:

- Ce génie veut devenir éleveur, agriculteur et vigneron! Et moi, je l'y encourage! Elle n'a guère de temps de penser plus, sollicitée par les instructions qu'elle reçoit.

A Venise, quand elle avait dit à Enzo:

- Mais comment veux-tu que je les allume, je ne connais pas les mots de passe, il avait haussé les épaules puis, comme pour se faire pardonner ce geste d'humeur, il l'avait embrassée.
- D'accord, avait-elle répondu. Tu es un expert.

Ici et maintenant, elle ne se permet aucune remarque et exécute ce qu'il lui indique de réaliser. A neuf heures trente, les manipulations sont terminées. Par prudence, au cas où son père et Elsa rentreraient plus tôt qu'annoncé, elle remet les deux portables et la tablette sans les avoir éteints dans les sacs du hall. Ils interrompent leur communication. A onze heures, Enzo la rappelle et lui dit:
- Tu peux tous les éteindre. Dors bien ma chérie. A demain.

Elle s'installe dans la chambre. Il est minuit et demi quand Arnaud et Elsa rentrent. Par bribes, elle perçoit leur conversation. Les heures défilent à sa montre, rythmant son insomnie. Elle s'efforce de rêver à la Nouvelle-Zélande. Lorsque l'aube pointe, elle s'endort enfin. Il est près de dix heures du matin quand elle entend du bruit dans le couloir, des mouvements de bagages puis la porte qui claque.

Elle fermera l'appartement et déposera les clés chez la concierge, comme son père le lui avait demandé car ce genre de détails insignifiants semble le préoccuper plus que la vie de sa femme et de sa fille. Son avion décollera en fin d'après-midi. Enzo l'attendra à Marco Polo. Alix lui a promis un bon repas.

7 août

A son retour à Venise, Nina est raide. Ses muscles sont durs. Ses tentatives de sourire se bornent à des rictus. Dans la barque qui les ramène vers la Fundamenta delle Misericordia, Enzo s'inquiète:

- Comment se sont passées les relations avec ton père? demande-t-il.

- Mal. Très mal, ajoute-t-elle après une hésitation.

- Ne soit ni surprise ni triste. Il ne pouvait en être autrement.

- Je comprends ce que tu sous-entends et je suis d'accord. De mon côté, il y avait ma fureur et ma déception et, du sien, de la gêne et une étrange forme d'indifférence.

- Tout occupé par son nouvel amour. Certains hommes ont-ils ce destin de redevenir adolescent par épisode?

- Nouvel amour? Peut-être. J'ai entendu les conversations. Je crois que mon père est devenu plus amoureux d'un mas qu'ils veulent acquérir et rénover sur la Côte que de cette bonne-femme prétentieuse et niaise. En un sens, cela me rassure: mon père n'est pas devenu un idiot mais simplement un traître. Sa punition sera d'autant plus lourde lorsqu'il prendra conscience de cela.

- Sa punition?

- Tu ne peux pas savoir à quel point mes parents m'ont insufflé le sens du bonheur et de la protection. Ma mère est agressée et en perdition. Je dois la défendre et lui offrir toute mon aide.

Après l'avoir déposée, Enzo la laisse pour se rendre à une réunion à la Casa Bembo.

Sans attendre, Alix sert le repas qu'elle a promis à Nina.

- Langoustines grillées aux herbes, annonce-t-elle sans mentionner le beurre qu'elle y a mis. Ensuite, je t'ai préparé un risotto al nero di seppia qui t'enchantera.

La qualité des plats ne suffit pas à détendre Nina. Sa mère est effrayée par sa détresse. Rarement, Nina s'habille de manière aussi terne. Peu importent les couleurs qu'elle a choisies, elles sont mal assorties. Quelle preuve de son désarroi.

- Quelqu'un t'a fait du mal? interroge-t-elle.

Nina la regarde d'un air étonné.

- Non. Pourquoi?

Soudain, comme si elle prenait conscience de la signification de cette question, elle ajoute:

- Pas plus de mal qu'avant. Mon père était distant. Quel ensorcellement cette sorcière de malheur a-t-elle jeté sur lui? Ce n'est plus lui mais un étranger qui a pris son apparence.

Alix qui est prête à tout, y compris à défendre Arnaud, afin de sauvegarder la paix de sa fille, intervient:

- Sûrement qu'il était gêné …

Nina la coupe:

- Ce n'est pas à moi de tenter de sauver ce qu'il a saccagé. Pas plus que je ne peux empêcher le rocher qu'il a détaché, de l'entraîner dans sa chute. Construire le bonheur est si difficile qu'il est inexcusable de le détruire. Il nous a trahies toutes les deux. Même pas pour un meilleur, il s'en rendra compte. Cela lui coûtera plus que ce qu'il peut imaginer.

- Que veux-tu dire, Nina? demande Alix d'un air surpris.

- Je ne sais pas. Ma seule certitude est que la souffrance qu'il t'a infligée doit se payer. Un prix énorme.

- Tu me fais peur, Nina!

- Ne te trompe pas: aie de la compassion pour les victimes, ce que nous sommes, pas pour les bourreaux.

Dès la fin du repas, Alix rejoint son studio.

Pour la première fois, Nina craque et éclate en des sanglots qu'elle met longtemps à maîtriser. Plus tard dans la soirée, Enzo revient de sa réunion. Nina est figée. Ses yeux sont brillants, inondés. Les larmes réapparaîtront-elles? Elle se force à sourire. Enzo est si important. A aucun prix, elle ne veut paraître faible et grimaçante à cause de ses pleurs. Il n'est pas dupe. Elle est essentielle pour lui et il la connait déjà bien:

- Petite femme, tu es à la fois forte et fragile. Ferons-nous le voyage de la vie ensemble? Je le souhaite. Je te le demande. Déjà, j'ai la conviction que ce sera un beau voyage et très long.

Elle s'accroche à lui, serrant son visage contre sa poitrine, tandis qu'il poursuit:

- Ne crains aucune trahison de ma part. Jamais. Je n'ai qu'une vie. Je suis athée comme je te l'ai dit. Tout ce que je dois réaliser doit l'être de mon vivant, sans erreur, car ensuite il ne se passera plus rien.

- Je ne crois qu'à l'arithmétique, ajoute-t-il pour tenter de la distraire de sa peine.

- Mes grands-parents ont fui leur pays pour échapper à la misère. Des années, ils ont travaillé à construire leur nouveau monde. Mes parents l'ont développé. Maintenant, je vais m'acharner à le rendre meilleur et plus grand. Si tu m'accompagnes, je sais que nous réussirons.

- Mais ma mère?

- Je l'ai déjà dit: Alix viendra avec nous. Bien que personne encore ne le sache, elle y est dès à présent attendue. Je le sais avec certitude car ceux qui ont dû fuir et reconstruire connaissent la souffrance du rejeté et savent comment accueillir.

- Je viendrai avec toi jusqu'en Nouvelle-Zélande et jusqu'au bout de nos vies. Je t'en fais la promesse, répond Nina très émue. Je convaincrai ma mère de nous accompagner pour y construire son nouveau monde.

- Racines de Viking, sang de Sicilien et de Vénitien, farouche Néo-Zélandais: je ne te dirai pas que tous ces ancêtres dont les gènes traînent en moi, sont les meilleurs. Combien de forfaitures et de violence ne peut-on leur attribuer. Pourtant, avec moi, tu seras en sécurité et aimée.

7 novembre

En septembre, à l'annonce de l'arrivée à Venise des boîtes en carton contenant leurs affaires personnelles, derniers vestiges des temps et du lieu du Clos du Bonheur, Nina appela à l'aide. Leurs studios étaient trop étroits pour permettre de les empiler sans nuire à leur confort. Lorsque le bateau des commissionnaires accosta au quai de la Misericordia, la barque de Riccardo et Mario y était déjà amarrée et les cartons y furent transbordés. Dès la fin du chargement, ils s'éloignèrent vers la lagune par le Rio de San Girolamo.

Nina les accompagna pour aider au déchargement et passer la nuit sur "le continent", Alix l'ayant convaincue qu'elle pouvait rester seule. Rapidement, ils transférèrent le chargement dans une camionnette de location et filèrent vers leur maison dans la campagne du Nord de Mestre, suffisamment grande pour l'entreposer sans le moindre inconvénient.

Depuis, de temps en temps, elle retourne échanger des livres et vêtements avec ceux de son studio. Aujourd'hui, elle vient emporter quelques affaires pour Alix. Dès le rangement terminé, elle s'installe dans le "magasin d'ordinateur". Suivant avec précision les instructions techniques qu'il lui a décrites, elle se connecte au programme espion installé sur les ordinateurs d'Arnaud et de sa maîtresse.

- Rien de spécial concernant le divorce, déclare-t-elle dès le retour d'Enzo. Mon père semble être conciliant dans ses messages à son avocat.

- Bonne nouvelle donc.

- Une demi bonne nouvelle. C'est tant mieux pour maman qui ne sera pas confrontée à de l'agressivité juridique ni à des procédures longues et pénibles. Par contre, je perçois que la complaisance de mon père n'est pas motivée par des sentiments humains mais uniquement par la nécessité de conclure le partage des biens le plus rapidement possible. Je ne trouve pas cela très honorable.

- Pourquoi est-il si pressé?

- Par d'autres échanges, j'apprends que lui et sa sorcière ont décidé d'acquérir un domaine à la Côte. Ils viennent de signer le compromis il y a quatre jours. Dès lors, ils ont besoin de trésorerie. Etonnant car je vois que la vente n'est fixée qu'au 2 mars! Peut-être que cette Elsa Walcourt est une telle agitée qu'elle est exigeante même quand c'est inutile. J'ai vu l'envoi d'un dossier de demande de prêt bancaire et ils discutent déjà avec un notaire de Nice des modalités de paiement, chèque ou virement.

- Ah! Un chèque, c'est bien plus romantique pour acheter de la terre! se moque Enzo que ces informations n'intéressent que parce qu'il est follement amoureux de Nina et qu'il souhaite le bien d'Alix.

- Ce ne sont pas des romantiques: ils procèderont par virements bancaires.

- Pourquoi t'intéresses-tu à de tels détails?

- Tu as raison, c'est idiot, répond-elle. Probablement parce que je venais de lire les messages échangés avec le notaire en charge de la vente de ce domaine, un certain Me Jean-Hubert Tarvenne, et avec sa clerc, Sylvie Boisromain.

- Passionnant, répond-il avec espièglerie.

- Je reconnais que cette partie-là de l'information n'est pas intéressante, admet-elle en continuant de tapoter sur le clavier.

- Oh! Amusant. Je trouve un autre notaire du même nom. Jacques-Henri Tarvenne.

- Un frère ou un cousin, peut-être.

- Ou peut-être pas. Son étude se situe à Paris. Il se pourrait qu'ils n'aient aucun contact entre eux et même qu'ils ne connaissent pas. Ces gens-là ont d'autres occupations que de feuilleter l'annuaire de leur profession.

Au moment de rejoindre le reste de la famille pour le diner, dont les effluves provenant de la cuisine leur avaient déjà ouvert l'appétit, Nina voit un document officiel de l'Université sur le bureau d'Enzo.

- Tu es domicilié ici et non pas en Nouvelle-Zélande, s'étonne-t-elle.

- Cela m'a semblé plus facile et plus discret. Tu sais, je n'aime pas attirer l'attention. A part ma famille ici, tu es la seule avec Alix à savoir que je réside aux antipodes. Donc, si tu pars avec moi, on ne retrouvera pas ta trace, lui déclare-t-il d'un air théâtral de conspirateur.

- Sauf si on interroge tes cousins! répond-elle en riant.

- N'oublie pas qu'ils descendent d'une famille sicilienne. Pour eux, le silence, c'est génétique.

Soudain, Nina prend un air concentré.

20 novembre

Enzo arrive à l'aube avec la barque de ses cousins. Nina l'attend déjà au bord du quai avec un panier. Dès la sortie des canaux, avançant doucement vers le lever du soleil, ils se dirigent vers l'île Buel del Lovo. Durant la première heure, encore ensommeillés, ils restent silencieux. Nina est blottie contre Enzo qui navigue comme un vrai Vénitien, formé par Mario, son cousin navigateur.

Au bord de l'île, il s'équipe de hautes bottes pour amarrer l'embarcation à une souche dans l'antre ouest. Le ciel est pur. Peu à peu, le soleil les réchauffe. Ils sont seuls. Ils aiment ces moments à l'extérieur, au bord de l'eau, loin de la foule, où ils peuvent discuter de tout sans être entendus.

- Ces derniers jours, à plusieurs reprises, j'ai longuement parlé avec mes parents.

- Voilà à quoi tu occupes tes nuits loin de moi, réagit-elle en riant. Tout va bien pour eux?

- Oui et non. D'une manière générale tout va bien sauf pour mon oncle Francesco dont la maladie ne lui laisse que quelques mois à vivre.

- Désolée d'entendre cela ...

- J'ai à nouveau parlé de toi. Ils t'attendent le plus tôt possible. Surtout ma mère qui est impatiente de te connaître et de préparer avec toi notre mariage. Ils te trouvent ravissante.

- Sans m'avoir vue!

- J'ai envoyé plein de photos. Ce que je voulais te dire aussi, c'est que je leur ai parlé d'Alix. Comme moi, ils sont convaincus qu'elle doit venir avec nous. Tu sais, ils sont très accueillants et la place ne manque pas là-bas, surtout avec la résidence de mon oncle Francesco et celle de Scott.

- Scott?

- Scott Pittaway.

- Votre voisin Canadien?

- C'est bien lui. On dit "Canadien" par habitude depuis qu'on le connaît mais il n'est plus vraiment Canadien. Depuis le temps! Maintenant, il est pourtant bien décidé d'arrêter de travailler. Il souhaite nous vendre son exploitation, à nous plutôt qu'à quiconque d'autre. Son prix est incroyablement intéressant. Son "cabanon" et son "lopin", comme il continue à les appeler, restent cependant un gros machin!

- Ma mère nous a dit qu'elle pouvait nous aider.

- C'est magnifique de sa part. Mes parents m'ont promis aussi d'apporter des fonds. Avant mon départ pour Venise, mon oncle Francesco m'a confirmé que je serai son héritier. Il m'a encore répété cela hier. Comme il cherche un moyen de réduire les droits de succession et qu'il est au courant de notre mariage et de la situation d'Alix, il a eu une idée généreuse et de génie à la fois. Ne sois pas trop surprise car c'est étonnant.

Nina le regarde attentivement, avec plus de curiosité que d'appréhension.

- Son idée est qu'il épouse Alix dès son arrivée en Nouvelle-Zélande. Cela lui assurera un nouveau nom et une naturalisation immédiate compte-tenu des fonds qu'elle apporte ainsi que du niveau financier de notre famille et de sa longue présence. A la mort de mon oncle, elle disposera de ses propriétés et de sa fortune. Ainsi, elle deviendra actionnaire de notre exploitation.

La surprise de Nina est telle qu'elle en reste muette.

- Bien sûr, continue Enzo avec émotion, il faut qu'elle arrive en Nouvelle-Zélande tant qu'il est encore vivant.

- Incroyable! murmure Nina.

- Ta mère s'appellerait alors Majorana comme toi!

- Si on lui parle de cela, elle va nous prendre pour des fous.

- Son divorce l'a tellement choquée, hélas, que plus rien ne peut encore l'étonner.

- Tu as raison. Ainsi, tous ensemble, nous parviendrons à créer cette grande exploitation dont tu rêves.

- Ce n'est cependant pas encore gagné. Même en obtenant le crédit bancaire que j'espère, tout cela ne suffira pas. il manque de l'ordre de six ou sept millions.

Nina se lève et marche dans les herbes folles qui bordent le sable brun du bord de l'eau. Elle revient vers Enzo, le regard droit dans les yeux et déclare:

- J'ai une piste.

Il l'observe avec attention. Au bout d'un moment, elle se décide enfin:

- Grâce au piratage de leurs ordinateurs en vue de parvenir à prémunir ma mère contre leurs éventuelles mauvaises intentions à son égard lors de la procédure de divorce, nous savons que mon père et sa maîtresse veulent acheter une propriété à la Côte. Ils vendent les maisons et titres et rassemblent dans ce but des fonds d'un montant équivalent. Nous connaissons leur notaire. J'ai découvert un notaire homonyme dont je connais maintenant le numéro de compte de l'étude. Rien ne sera facile mais avec ton talent, nous devrions parvenir à transférer ces fonds …

Enzo la regarde d'un air atterré.

- Mais, Nina, ce serait du vol!

- Quel grand mot! Disons une avance sur héritage, tout au plus.

- Admettons! Mais la part de sa maîtresse?

- Là, je reconnais que c'est du vol pur et simple.

- Nina! Comment peux-tu?

- C'est pourtant très simple, Enzo. En réalité, ce n'est pas du vol mais de la vengeance. Il suffit de regarder la tristesse gravée définitivement sur le visage de ma mère …

Il la prend dans ses bras.

- Tu es donc encore autant en colère.

- Oui! Elle gronde en moi et je ne parviens pas à la calmer. Heureusement que tu es là, Enzo, et que nous avons ces merveilleux projets. Sinon, j'ignore ce que j'aurais pu entreprendre.

- Notre nouvelle vie t'apaisera et nos enfants te rendront la joie de vivre. Ainsi qu'à Alix!

8 décembre

Après de longues hésitations et beaucoup de discussions entre eux, ils se décident de parler ce soir à Alix. Comme ils sont débordés tous les deux par leur activités universitaires, leurs soirées festives et leur espionnage informatique, elle leur prépare presque tous les jours le diner, ce qui les comble de plaisir car elle dispose d'étonnants talents de cuisinière. Après des mois ainsi, elle est connue des commerçants et des vendeurs de la Pescaria, de l'Erbaria, du Rio Terra San Leonardo, bref de nombreux négociants du Cannareggio, de San Polo et de San Marco, qui la servent comme si elle était leur meilleure cliente.

Avant le repas, ils marchent jusqu'au Rio Tèra del Cristo pour y prendre l'apéritif, accoudés au comptoir entre les habitués. Ruelles et campi du Cannaregio sont encore bien vivants et chaleureux, privés de la foule des navetteurs mais animés des résidents. Tout chargés de cette ambiance, ils reviennent au studio d'Alix où la table est déjà dressée, annonçant par les assiettes et les couverts entrée, poisson, fromage et dessert. Tandis qu'Enzo débouche, pour l'occasion, une bouteille de blanc d'Orto qu'il a ramenée directement de Sant'Erasmo, Nina lance la conversation qui les occupera toute la soirée:

- Voilà! Je te dis cela de manière assez brève. Enzo et moi avons décidé de nous marier. Bientôt. En avril prochain.

Même si ce n'est pas une surprise, une mère s'enthousiasme et s'attendrit souvent lorsque sa fille lui fait une telle annonce. Le visage d'Alix s'apaise en entendant cela. Un beau sourire l'envahit, révélant que sa vie est loin d'être finie comme elle s'était abandonnée à le croire. Heureusement que l'assiette de crustacés ne risque pas de refroidir durant le temps des embrassades!

Enzo sait que pour Alix cette bonne nouvelle contient une immense inquiétude. Il n'attend pas la fin du repas pour l'aborder sans détours.

- Ainsi Alix, nous sommes seulement cinq à être au courant de ce mariage car j'en ai parlé à mes parents qui en sont très heureux. Notre souhait à Nina et moi est de le célébrer sur "nos terres". Vous viendrez donc avec nous en Nouvelle-Zélande. Vous les rencontrerez là-bas pour cette fête. Ils vous attendent avec impatience.

- Bien sûr! Je suis ravie de découvrir ton pays et de connaître tes parents, répond Alix. Elle se tait. Par signes plus que par des paroles, ils conviennent de se passer de fromage et de dessert.

Enzo passe quelques secondes dans le studio de Nina et revient avec une bouteille pansue.

- Ce limoncello vient d'Amalfi. Ce n'est pas une raison pour les Vénitiens de ne pas en boire! Au contraire, entre Républiques Maritimes, ils sont faits pour s'entendre!

S'il en sert en fin de repas, ce n'est pas pour célébrer une alliance entre ces deux cités glorieuses mais parce qu'il reste un sujet particulièrement difficile à mettre sur la table. Il est bien résolu à prendre ses responsabilités. A l'avance, il a annoncé à Nina qu'il s'occuperait de cette partie de la discussion.

- Alix, quand je disais que "vous viendrez donc avec nous en Nouvelle-Zélande", je ne voulais pas dire "pour le mariage" seulement mais pour le reste de votre vie. Je vous l'avais déjà dit. Maintenant, il faut que cela soit clair et définitif.

Il a débité cette phrase très vite, la tête baissée comme un fils qui sort de son rôle. Elle les regarde tour à tour sans répondre, plongée dans ses pensées.

- Tel est le souhait de Nina. Le mien aussi.

Enzo marque une pause, assez longue. Nina ne dit rien.

- Il fait moins froid qu'au Canada, non? plaisante Alix. Si tu me le garantis, c'est d'accord.

Nina ferme les yeux et pousse un long soupir de soulagement. Enzo est terriblement angoissé. Le plus dur reste à venir

- "Nous étions seulement cinq à être au courant de ce mariage", ai-je dit tout à l'heure. Ce n'est pas correct. Mon oncle Francesco, le frère de mon père et qui est son fidèle associé depuis toujours, en est aussi informé.

Alix acquiesce. Cela lui paraît normal.

- Nina t'a probablement mise au courant qu'il est gravement malade et que son espérance de vie se compte en mois.

Elle cligne des yeux, manière sobre et respectueuse de répondre.

- Il m'a désigné comme seul héritier.

Alix lui fait un sourire aimable.

- Il vient cependant d'émettre une nouvelle idée mais uniquement sur la manière de transmettre sa fortune.

Alix écoute poliment. Ce genre de sujet ne l'a jamais passionnée. Là, Enzo est confronté au vrai problème d'énoncer ce qu'il doit dire. Pareil à un plongeur, il se jette et sa phrase est prononcée à la vitesse d'une chute:

- Voilà! Il propose de t'épouser. Si le temps le lui permet encore. Tu seras son héritière en tant qu'épouse et tu pourras investir tout cela dans notre exploitation. En même temps, tu acquerras d'office la nationalité néo-zélandaise.

Alix est ahurie. Visiblement, elle est perdue.

- Mariage! Je ne comprends pas. Pourquoi? Est-ce si important?

Enzo se sent mieux. Le pire moment est passé.

- Fiscalement, un peu, bien que cela ne soit pas le plus important

- Pourquoi, alors?

Nina intervient alors. Sans détours, mais par étapes, elle raconte les programmes espions sur les ordinateurs d'Arnaud et d'Elsa, le suivi de leurs conversations, mails et transactions, leur projet d'achat d'une belle propriété sur la Côte au moyen de tous les fonds à leur disposition et ... de la possibilité de les transférer sur le projet néozélandais ...

- Ah! dit Alix, complètement abasourdie.

Elle se lève et marche dans l'étroit studio jusqu'à la fenêtre. Elle l'ouvre et respire l'air frais. Après un long moment, elle se retourne et, d'un coup, déclare:

- Faites ce que vous pensez. Je vous accompagnerai dans votre voyage et dans vos projets.

Alix et Nina ont fini la bouteille de limoncello. Enzo en trouve une autre, plus petite heureusement.

24 décembre

Au long de la journée, tandis qu'elle sillonne entre les échoppes du marché, s'approvisionne chez ses épiciers et s'affaire dans la cuisine, Alix repense aux dernières semaines. Que de choses se sont passées!

Cette ville et sa lagune sont passionnantes. Alix passe dehors plus de temps qu'à aucune autre période de sa vie. Nina consacre une large part de ses journées à Ca 'Foscari où elle organise la clôture de ses travaux pour la fin février.

Au fil des soirées, Nina et Enzo poursuivent leurs observations des ordinateurs d'Arnaud et d'Elsa. C'est ainsi qu'ils apprennent que le compromis d'achat de la propriété sur la Côte a été signé le 3 novembre et que la signature de l'acte définitif est fixée au 2 mars à 15 heures. Avec la clerc Sylvie Boisromain, Arnaud a convenu de transférer les fonds avant cette date par virements bancaires sur le compte du Notaire Jean-Hubert Tarvenne. Les messages suivant confirmèrent le numéro du compte sur lequel ce montant devait être versé. Les nombreux contacts avec des entrepreneurs et équipementiers, en préparation des projets d'aménagement et de finition, les intéressèrent beaucoup moins.

Mi-décembre, à la demande d'Enzo, Nina avait rassemblé tous leurs documents officiels.

- Mon passeport et mon permis de conduire? s'étonna Alix.

- Oui, M'am. Ta carte d'identité aussi. Tant qu'on y est, donne-moi aussi une copie de tes cartes bancaires et de crédit.

- Pourquoi tout cela?

- Tu sais, les paperasses, plus il y en a, pleines de tampons et de certificats joints, plus cela aide.

- Aide à quoi?

- Ecoute! Je n'en sais rien. Enzo m'a dit que plus il y en aurait mieux ce serait.

- Mes cartes de vaccination aussi, alors?

- Donne-les toujours. On verra bien.

Ensuite, Nina envoya à l'administration municipale de leur ancienne résidence du Clos, des demandes d'exemplaires originaux de leurs actes de naissance, de certificats de bonne vie et mœurs et de permis de conduire internationaux. Il ne fallut que quelques jours pour les recevoir. Enzo emporta tous ces documents et les ramena deux semaines plus tard.

Son divorce a été prononcé. A cette occasion, Alix fit un aller-retour dans la même journée. Durant tout le déroulement de la procédure, elle resta immobile et muette, hors des réponses aux questions officielles. La vexation de Me du Rocq, son avocat, était perceptible. Il lui avait proposé une stratégie agressive qu'Alix avait refusée au profit d'une conclusion rapide.

- La partie adverse, dit-il dans son style habituel, est saisie par un tel sentiment d'urgence que nous n'aurions même pas à nous battre avec acharnement. Cependant, chère Madame Pasquet, comme vous n'exigez pas plus au profit de la rapidité de conclusion du divorce, nous ne revendiquerons pas une part plus importante du capital-pension de votre mari Arnaud Strand, alors que je suis convaincu de pouvoir l'obtenir. Je me plie donc à votre décision. Nous concluons donc selon votre désir.

En situation normale, Alix aurait été attristée de devoir se résoudre à une telle conversation car il s'agissait de son divorce, moment ultime d'une désillusion inattendue et des souffrances qui l'accompagnaient. Cependant, elle en fut amusée, puis déroutée que cet amusement l'étonne pas.

La signature des documents de divorce la laissa indifférente. Venise l'avait apaisée.

Aujourd'hui, elle y prépare le réveillon. Noël à Venise! Ils ne seront que trois mais elle y met un tel enthousiasme que cela représente la même énergie que si elle devait servir une assemblée nombreuse. Sa fuite au cœur de la lagune et l'annonce de son futur voyage au loin ont provoqué une faille en elle. D'un côté, se trouve son passé, ce qu'il représente de souvenirs et de regrets, tandis que, de l'autre, elle perçoit une sorte de germe, complexe mélange de rêves anciens inexprimés et de nouveaux projets. L'instant chrysalide!

A midi, Nina revient avec Enzo pour la première conversation vidéo tous ensemble avec ses parents. Il est minuit là-bas. Spontanément, ceux-ci lancent un "Buon Natale". Ils se parlent posément, laissant aux électrons porteurs de la voix et de l'image le temps de parcourir leur bonhomme de chemin sur la moitié du globe terrestre, et permettant ainsi de s'observer et de se découvrir. Pour Alix, ce premier contact crée un lien, un de ceux dont on ne souhaite pas être dénoué.

6 février

A son départ de Venise, Alix est habillée sobrement. Les halls d'aéroport ne sont pas des salons mondains et les bus scolaires de son enfance lui semblaient plus confortables que les moyens courriers aériens actuels. A Paris, elle loge dans un hôtel de charme à proximité de l'Odéon. Dans la même tenue, elle passe des heures à circuler dans le cœur de la ville d'une rive à l'autre, du Quartier Latin au Marais, de la Cité à Saint-Germain, du Luxembourg au Trocadéro. Vénitienne depuis des mois, elle était devenue maîtresse de la lenteur et de l'obstination. Vivre la ville par la marche la comble de paix et de plaisir.

Maître Jacques-Henri Tarvenne est un homme élégant et sensible, en particulier au charme de la ravissante Madame Alix Pasquet qui a revêtu des vêtements magnifiques, achetés dans les boutiques de la Salizzada San Moise et de la Calle Vallaresso. Elle s'est chaussée de luxueux souliers choisis Campo San Salvador. Le matin-même, elle est passée chez une célèbre coiffeuse du Faubourg Saint-Honoré et dans l'institut de beauté attenant.

Alix entre dans le vif du sujet, évoquant à peine la relation qui lui a chaudement recommandé de s'adresser à lui comme étant un excellent notaire connu à l'étranger. Elégance et flatterie sont des ingrédients bien habituels qui restent cependant très efficaces. Le notaire l'écoute avec passion.

- Avec deux autres associés, je souhaite acquérir dans un délai très bref un domaine agricole au Canada dont je rêve depuis très longtemps.

- Au Canada, chère Madame! Mais Paris et la France sont si beaux et pleins de gens charmants, l'interrompt-il avec un sourire séducteur.

- Que voulez-vous, Maître, minauda-t-elle. Il faut aller au bout de ses passions et les communiquer à ses enfants. Surtout à partir du moment où on prend conscience du temps qui passe.

- Allons, que dites-vous!

- Bien sûr, Paris me manquera, continue-t-elle doucement, en le regardant dans les yeux. J'y reviendrai le plus souvent possible.

- Je serai ravi de vous y revoir. Mais, revenons à notre affaire.

- Une affaire très simple, vous verrez. Le propriétaire de la société qui possède ce domaine me cèdera ses parts dès qu'il aura la certitude d'être payé. De mon côté, je n'exécuterai aucun paiement sans avoir la garantie de recevoir ces parts de propriété. C'est une situation facile à régler dans le même pays, plus complexe entre des continents différents.

- Il y a des solutions …

- Voici ce qui est convenu avec lui. Ses parts de propriété sont bloquées, sous le contrôle d'un Avoué de Toronto. Celui-ci en a fourni une confirmation ainsi qu'une promesse inconditionnelle de les libérer dès qu'il aura la certitude du paiement. De mon côté, je dois verser le montant de l'achat auprès d'un notaire de Paris, vous en l'occurrence, qui en attestera réception à l'Avoué et qui en confirmera son transfert vers le compte de la société.

- Ceci me parait bien simple. Ce n'est pas une opération courante mais parfaitement légale.

L'aurait-elle été un peu moins, les regards d'Alix auraient peut-être apaisé tout scrupule chez beaucoup d'officiers de justice, du moins chez celui-ci en particulier, visiblement subjugué par cette femme. Il poursuit:

- Comme un crédit documentaire, en quelque sorte, en vue d'assurer chaque partie de la bonne exécution des obligations de l'autre partie.

- Exactement, répond fermement Alix qui, de sa vie, n'a jamais entendu parler d'un crédit documentaire et qui n'a aucune intention de se renseigner à ce sujet.

Une secrétaire les interrompt en apportant café, eau et biscuits. Pendant qu'elle les sert, Alix observe les tableaux anciens et les commente avec pertinence car elle maîtrise parfaitement ce sujet. Me Tarvenne boit ses paroles. Au Moyen Age, pour une telle dame, des chevaliers aimaient risquer leur vie au tournoi. Elle ne lui laisse pas le temps d'émettre une parole.

- Fin février, vous recevrez sur le compte de votre étude trois versements de deux millions. Le premier proviendra d'un compte au nom d'Arnaud Strand et le deuxième d'un autre au nom d'Elsa Walcourt, mes associés. Le troisième viendra de mon compte. En plus, vous recevrez un million d'ING, avec la communication "Prêt acquisition propriété" très probablement suivie du long numéro de dossier que voici.

- Je vous ai bien compris. Dès réception de ces paiements, j'émettrai une attestation que j'enverrai à cet Avoué.

- Exactement, ainsi qu'en y joignant les preuves du paiement vers le compte de la société canadienne.

Alix lui donne l'identité bancaire de la société "Cabanon" auprès de Royal Bank of Canada Toronto que Scott Pittaway a transmise à Enzo.

- Je suppose que vous souhaitez une copie de cette attestation.

- Bien entendu, ainsi qu'à mes deux associés. Par e-mail, cela suffira. Voici nos adresses.

Enzo lui avait expliqué que cela inspirerait confiance, sans porter à conséquence. Elle n'avait posé aucune question.

Quand Alix sort de l'étude, elle marche comme une automate. Elle ne parvient pas à considérer comme réel ce qui vient de se passer, c'est-à-dire ce qu'elle vient de faire.

Dans son sac à main, elle emporte la convention par laquelle Me Tarvenne, Notaire à Paris, confirme leur accord. A la réception de quatre versements pour un montant total de sept millions, il en exécutera le transfert vers RBC Toronto et enverra une attestation et une preuve de paiement à l'Avoué du "Cabanon". Sa commission est peu élevée, plus faible certainement que ce qu'aurait payé toute personne dépourvue du charme et de l'élégance d'Alix.

Au passage d'un carrefour, tandis qu'elle attend l'autorisation des feux de circulation et regarde alentours, elle s'aperçoit dans le reflet d'une vitrine. Elle est si surprise de ce qu'elle voit qu'elle en oublie de traverser et doit attendre qu'un nouveau flux nerveux de trafic la bloque face à son image.

- Qui suis-je devenue?

Elle se souvient des regards du notaire et du délicat serrement des doigts lors de son baisemain lorsqu'il l'a quittée à la porte de son étude où il l'avait lui-même raccompagnée. Elle sourit, imaginant l'émotion qu'elle lui a laissée. En s'engageant enfin sur le passage pour piéton, elle croise un homme dont l'allure et le style réveillent l'image de son ex-mari.

- Quel imbécile, cet Arnaud! pense-t-elle.

Enzo et Nina voulaient l'aider et la sauver du désespoir. Ils n'avaient pas mesuré à quel point leur intention allait être efficace.

- Arnaud m'a projetée dans un autre univers, pense-t-elle. A moi d'y vivre et tant pis pour lui.

En marchant, elle joue de sa féminité et de son élégance qui attirent les regards. Sa déchirure s'est transformée en détermination. Elle ne se pose pas de question sauf de savoir si elle s'assoira à la terrasse de Flore ou à celle des Deux Magots. Sans réfléchir, elle se décide pour Flore dont le nom lui paraît, après ce qu'elle vient de réaliser, plus neutre et plus doux.

Elle commande une flute de champagne.

28 février

Dans leurs studios, au troisième étage du palais sur la Fondamenta della Misericordia, Alix prépare les bagages. Ce qui est lourd ou non indispensable pour le voyage a déjà été mis en boite de carton et transporté à Mestre chez les cousins d'Enzo. Il ne reste que sa valise et celle de Nina ainsi que leurs sacs de voyage. Souvent, elle s'arrête de ranger et regarde les toits, les coupoles, les campaniles.

- Personne ne se rendra compte de notre départ, se dit-elle. Nous avons été discrètes. Tant de touristes occupent tous les interstices de cette cité que nos images se confondront dans cette masse.

Elle sait que le compte à rebours a commencé. La fusée explosera-t-elle sur l'aire de lancement? Plus tard dans son vol, trahie par un réacteur défaillant ou agressée par un météorite s'invitant dans sa trajectoire? Leur dispositif est audacieux. Un détail peut tout anéantir.

- Peu importe, se dit-elle car elle sait qu'elle a déjà tellement perdu.

Tout perdu, a-t-elle stupidement pensé, oubliant la présence et la force de Nina. Maintenant, elle est convaincue de son avenir. Son reflet dans les vitres lui ramène le souvenir de Paris et de la vision de son élégance. D'un coup, elle repense à nouveau à Arnaud. Cette fois encore, elle se dit:

- Quel imbécile! Je suis beaucoup plus belle qu'Elsa.

Quand une femme trompée pense cela, elle est sauvée et prête pour un nouvel avenir. Elle reconnaît qu'elle n'avait jamais fait d'effort pour tenter les hommes, comblée de son amour d'un seul. Son élégance théâtrale pour charmer le notaire lui a fait découvrir un talent qu'elle ignorait et lui a fait prendre conscience que sa fidélité a été bien mal récompensée. Ces observations vont-elles fondamentalement changer sa vie? Elle s'amuse de cette question. Sur les traces d'Enzo et de Nina, elle va devenir agricultrice et éleveuse, comme ils disent, sans comprendre quel serait son rôle dans une entreprise de la taille décrite par Enzo. Ou du moins les accompagner dans leur projet. Il n'y aura guère d'hommes à séduire là-bas, que des ovins, des bovins et, peut-être d'autres animaux qu'elle ignore et dont la possibilité d'existence l'effraie.

Le rangement est fini. Elle prend une douche, se sèche et étend les essuies. Devant le miroir, elle s'arrête, surprise. Ah! Ce souvenir du reflet dans la vitrine au carrefour parisien! Elle s'observe. Plus de cinquante ans. Elle croyait, à force de l'entendre dire, qu'une femme n'était belle qu'avant trente ans, plus ou moins. Cela dépend des métiers. Le regard de Me Tarvenne, tout de douceur et de respect, l'a étonnée. Elle se regarde encore. Aux marchés des esclaves, quel qu'en soit le lieu, le temps ou la forme, les femmes présentées doivent être jeunes, conformes au schéma de la femme idéale, celle "de Vitruve" qu'aurait dû représenter Léonard de Vinci. Soudain, elle se moque de cela. Elle a cinquante ans. Elle est belle. Arnaud est un imbécile. Aucune loi, humaine ou naturelle, ne protège les imbéciles. On apprend cela à la première leçon du premier cours de Droit Civil, même si on suit des études d'Economie. Pourtant Alix est malheureuse. Elle est seule. Abandonnée.

Radicelles. Chrysalide. Combien d'autres mots encore doivent être associés pour exprimer ce qu'elle ressent. Arnaud est un imbécile qui, à force de la voir, ne l'a plus regardée. Qui, plutôt que de cultiver cette terre, a voulu conquérir un territoire aride. Qui, amouraché par une luciole, a oublié les feux de la Saint-Jean. Qui, ...

Des larmes coulent sur les joues d'Alix. Elle se couvre le corps d'un crème douce.

- Je me demande, pense-t-elle soudain, quels seront les prénoms que Nina et Enzo donneront à mes petits-enfants.

Elle est nue devant le miroir. Elle est sûre qu'elle est belle. Elle pleure.

Les déménageurs viennent de quitter la maison des faubourgs de Mestre. Ils ont empilé et coincé les cartons contenant les affaires de Nina et d'Alix ainsi que celles d'Enzo et son matériel informatique dans de hautes caisses en bois qu'ils ont hermétiquement clouées. De grandes étiquettes au nom d'Enzo Majorana, avec mention d'un déménageur à "Auckland NZ" y ont été apposées. Demain, ils les chargeront sur un bateau à destination de Gênes où elles seront transbordées dans un conteneur maritime qu'un vaste cargo amènera dans le Pacifique lointain par le Canal de Suez et l'Océan Indien.

Le bureau d'Enzo paraît maintenant étrangement vide. Au sol, une grande valise presque remplie est ouverte à côté d'un sac de voyage. Sur la table, le sac d'ordinateur côtoie son PC portable. Nina a amené le sien. Depuis quelques jours, ils se relaient en permanence dans l'observation des mails entrants et sortants sur tous les appareils d'Arnaud et d'Elsa. Enzo y a installé un système qui filtre tout message avant qu'il ne soit envoyé ou rendu disponible pour sa lecture. Grâce à un logiciel extrêmement sophistiqué qu'il a développé, il parvient à les lire, les modifier puis les libérer pour la suite de leur traitement normal. C'est afin de ne pas bloquer trop longtemps le flux de messagerie et, en conséquence d'attirer l'attention, qu'ils se succèdent afin d'intervenir sans délai si nécessaire. Jusqu'à présent, ils n'ont modifié que peu de messages: ceux échangés avec le banquier Miguel Cortepotlaute concernant le compte sur lequel verser le prêt bancaire et ceux reçus de la Clerc Sylvie Boisromain dans lesquels ils ont systématiquement remplacé le numéro de compte de Maître Jean-Hubert Tarvenne par celui de Maître Jacques-Henri Tarvenne.

Leur dernière intervention date de cet après-midi lorsqu'Enzo modifia le message par lequel Arnaud confirmait à Sylvie Boisromain l'envoi des ordres de virement sur le compte de leur étude ainsi que leur arrivée pour la signature le 2 mars à 15 heures.
- Le moment à haut risque, murmura-t-il. S'ils s'en aperçoivent tout s'écroule.

Il vérifia ensuite les paramétrages de ses programmes pirates de blocage des smartphones d'Arnaud et d'Elsa puis de ceux installés sur leurs ordinateurs qui, à partir du 2 mars à 15 heures, devaient automatiquement procéder à l'effacement de leur contenu.

Nina le regarde. Rarement, jamais en fait, elle l'a vu aussi tendu. Il consacre son talent à une cause à laquelle, par amour pour elle, il ne peut se soustraire mais qui ne correspond pas à son éthique. Elle l'a très vite appris: rien en lui ne le pousse à la violence ni à la destruction. Comme pour elle-même et sous son influence, il agit pour défendre Alix et les événements ont pris une tournure imprévue. Une mécanique de vengeance s'est mise en route. Elle se lève, vient derrière lui et l'entoure de ses bras. Quelle amertume. Quelle tristesse. Que tout cela se termine vite. Ils ne sont pas faits pour ce genre d'actions. Il est temps de construire leur nouveau monde. Nina se souvient d'une phrase lue un jour:
- "Les volcans, toujours, font des dégâts. Les flots de lave sont destructeurs par leur puissance mais créateurs par l'espace et la fertilité qu'ils créent pour de nouvelles vies."[30]

En fin d'après-midi, à la réception des fonds, Me Jacques-Henri Tarvenne expédie l'attestation, procède au transfert des sept millions, moins sa faible commission, vers Royal Bank of Canada et

---

[30] Eva et le Petit Prince

envoie la preuve de paiement à l'Avoué de Toronto. Il transmet les copies à Alix ainsi qu'à Arnaud et Elsa qui ne les voient jamais grâce à l'intervention d'Enzo sur leurs ordinateurs.

2 mars

Au sol, la température ne dépasse certainement pas les moins vingt degrés. Le ciel est pur de tout nuage, brume ou reflet. Seule la ligne ouateuse blanche d'une trace d'avion vite évaporée, déchire l'uniformité.

- Trop pâle pour être du Klein, pense Alix.

En dessous du Boeing 767 d'Air Canada AC1907 en provenance de Venise, le Saint-Laurent est blanc. L'avion progresse vers Québec puis Montréal. Bientôt, il entame sa descente sur Toronto.

- Tourism. Two weeks, déclare chacune à l'Immigration. L'officier vérifie les passeports et billets de retour et appose les tampons.

Le taxi avance lentement dans la circulation. Froid, lumière intense, neige, fébrilité résultant du décalage horaire. L'hôtel King Edward est en centre-ville. Tandis que le groom emporte les bagages, Alix paie le chauffeur au moyen de sa carte de crédit. Elles décident de se reposer mais n'y arrivent pas. Très vite, elles sortent. Un vent glacial balaie les rues. Elles se précipitent dans une des galeries commerçantes où les habitants de la ville se réfugient tout au long de l'hiver.

Elles arrivent les premières au restaurant à la mode dans un ancien entrepôt, recommandé par le concierge de l'hôtel. Saumon, grillade de bœuf et légumes, tarte aux pommes, vin rouge de Niagara. Elles se couchent très tôt et s'endorment immédiatement.

Dès six heures trente, elles sont levées et traînent longtemps autour du plantureux buffet du petit-déjeuner. Pendant quatre jours, emmitouflées comme des esquimaux, elles visitent la ville et l'Ontario, comme de vraies touristes, enchaînant des excursions dans la campagne et les vignobles ou consacrant quelques heures devant les incroyables orgues de glace éblouissantes au soleil qui entourent les Chutes du Niagara.

Elles se parlent peu, troublées par l'étrange sentiment d'être des réfugiées en transit, de vivre dans une sorte de salle d'attente, sas entre deux univers, l'un qui les rejette, l'autre qui est totalement inconnu. La paix de Venise leur manque. Il faut y avoir vécu longtemps, pas seulement en la traversant dans la foule un plan en main, pour connaître l'affection et la protection qui émanent de ses ruelles étroites et serrées où aucun véhicule, même un vélo, ne vient agresser le marcheur.

Excursions, taxis, concerts, restaurants où elles ne se privent pas de saumon, d'huitres, de homard, de caribou qu'elles ne mangeront probablement plus jamais, elles vivent sans compter, réglant leurs dépenses avec leurs cartes de crédit. Pas une fois, elles n'ont allumé leur portable ou leur ordinateur.

Le quatrième jour, en début de soirée, elles descendent à la réception de l'hôtel avec leurs bagages. Alix règle la note au moyen de sa carte de crédit. La navette de l'hôtel les dépose à l'Union Station toute proche. Dans la gare, elle achète et règle, au moyen de la même carte, deux allers simples de première classe pour Québec.

A ce même moment, à un autre guichet, Nina prend livraison des billets réservés une semaine plus tôt depuis Venise pour une cabine Prestige sur "Le Canadien" à destination de Vancouver. Le guichetier est un peu surpris quand elle en règle le paiement, en cash avec des dollars canadiens. Il l'aurait été plus s'il avait appris qu'ils avaient été achetés au comptoir de Western Union, Piazza San Marco à Venise.

Du 6 au 9 mars, le train progresse dans des paysages somptueux. Quatre nuits et trois jours pour traverser tout un continent jusqu'au bord du Pacifique.

Elles y sont servies comme des reines. Douces et souriantes mais surtout discrètes et fondues dans l'anonymat au milieu des voyageurs. L'idée de voyager aussi luxueusement est excellente. N'est-il pas de meilleur moyen de passer incognito qu'en se fondant avec discrétion et subtile élégance parmi des gens semblables.

Alix est en admiration devant les panoramas.

- J'ai tant rêvé du Canada!

- Pour quelle raison? lui demande Nina.

- Suis-je capable de te répondre? Peur de l'Europe, des souffrances atroces de ce continent durant le dernier siècle, de l'incertitude de son avenir?

- Ou, plus simplement, d'une lecture romantique qui t'a fait rêver d'une nature lointaine, de terres inconnues, d'espaces immenses, ...

- Tu as peut-être raison.

10 mars

A 14h30, le Boeing "Triple Seven", vol NZ24 d'Air New Zealand, par lequel Enzo arrive d'Auckland atterrit à l'aéroport international de Vancouver. A 18h, au bout d'un quai de Pacific Central Station, il attend l'arrivée du "Canadien" en provenance de Toronto. Alix et Nina sont parmi les premiers passagers à en descendre. Enzo les emmène en taxi vers les docks d'un des ports de plaisance sur le fleuve Fraser. Ils parlent à peine pendant le trajet. Le ciel est nuageux et une pluie fine mouille la ville et la belle végétation des parcs et jardins. A l'entrée du port, un jeune couple les accueille. Ils ont l'âge de Nina et d'Enzo, souriants et directs, athlétiques, bronzés et très sympathiques.

- Peter est mon ami depuis l'école, annonce Enzo. Il a épousé Elen l'année dernière et j'étais le témoin de leur mariage. Depuis lors, ils naviguent! Ce sont les meilleurs navigateurs que je connaisse.

Ces deux jeunes emportent les sacs et valises comme s'il s'agissait de ballons gonflés à l'hélium et les conduisent jusqu'à un yacht amarré au dernier ponton. C'est un beau bateau sobre et costaud. Peter le présente:

- Voici le *Victoria*. J'ai choisi le nom de la caraque de Magellan en hommage à la première circumnavigation de l'histoire. Vous comprendrez rapidement que je suis fou des océans. Il comporte quatre cabines qui seront toutes occupées car Cate et Thomas, la sœur et le beau-frère d'Elen, voyagent avec nous. Nous vous laissons vous installer à l'aise car nous allons maintenant les rejoindre dans un restaurant. Un repas vous attend à bord.

Les cabines sont étroites mais bien équipées. Après les quatre jours dans la cabine du train, Alix ne se sent pas dépaysée. Le diner est simple mais délicieux. Dès la fin du repas, Enzo leur demande leurs smartphones et ordinateurs portables dans lesquels, en moins d'un quart d'heure, il remplace des composants.

- Dès maintenant, vous pouvez à nouveau les utiliser. Dorénavant, vous avez des numéros de téléphone néozélandais. Il leur rend leurs appareils en ajoutant:

- Tout cela n'est que technique. J'ai quelque chose de plus important à vous expliquer.

Ni la mère, ni la fille n'ont l'air étonnées. La première parce qu'elle ne sait plus où elle est et que plus rien ne la surprend et la deuxième parce que sa confiance en Enzo la protège de toute inquiétude.

- A Venise, j'ai emprunté tous vos documents officiels pendant une semaine. Vous vous en souvenez, je suppose. Ce soir, je voudrais tous les reprendre: passeports, cartes d'identité, permis de conduire, actes de naissance, ... enfin, tous.

- Pourquoi? demande Nina.

- Parce que j'en ai d'autres pour les remplacer.

- Tu t'expliques, s'il te plait, dit Alix en terminant la préparation d'une tisane.

Enzo sort un dossier. Il l'ouvre et étale plusieurs documents sur la table.

- Ce sont exactement les mêmes, à un détail essentiel près: les noms ont été légèrement modifiés.

- Des faux! s'exclame Nina.

- Tu as de ces mots, rétorque-t-il. Non! Du travail de génie. Peu importe le nom de celui-ci. Il. Cet artiste vénitien, qui est follement amoureux de ma cousine Paula, travaille à la restauration de précieux incunables, gravures et enluminures de la Bibliotheca Marciana. Il a un talent incroyable. Voici tous vos documents officiels. Ils sont parfaitement identiques aux originaux mais Nina Strand est devenu Lina Sint-Rand, comme s'il y avait un trait d'union pas clair au départ entre le St et le r. Alix Pasquet est devenu Alice Basquey, erreur aussi banale que celle des moines copistes du moyen-âge, conclut-il avec un large sourire à Nina qui répond:

- A jouer à l'espion, au pirate puis au fuyard qui ne veut laisser aucune trace, autant bien faire les choses, n'est-ce pas?

- C'est sûr. Imaginez que l'on retrouve vos traces après ce …, cette …, bref, ce transfert financier, cela ferait désordre!

Peter, Elen, Cate et Thomas reviennent à bord. Pendant une demi-heure, ils font connaissance puis se couchent. Seule, dans sa couchette marine, Alix pense à ce nouveau nom mais cela ne la trouble en rien. Ce qui fut détruit en elle ne pourra de toute façon jamais renaître. Que change la traduction de l'appellation d'un produit sur une étiquette?

Elle prend surtout conscience qu'elle est à mi-chemin des antipodes. De ses antipodes.

Très tôt le matin, le *Victoria* quitte le ponton et descend au plus proche des côtes de l'Ile de Vancouver afin d'éviter de s'approcher de celles des States, et va apponter au port de Victoria.

- *Victoria* à Victoria! clame Peter. Nina regarde sa mère en levant les yeux au ciel.

A pied, Alix et Nina, anonymes en ciré, jeans et bottes, suivent Peter et Thomas jusqu'à l'autre bout du port. Là, sur le petit bateau d'un pêcheur dont ceux-ci sont devenus amis autour de nombreuses bières, elles embarquent pour "une promenade en mer".

Quatre heures plus tard, tandis que leur embarcation a dépassé la limite des eaux internationales, le *Victoria* s'approche. Nina et Alix, paniquées par la houle, la pluie et le vent, montent à son bord.

- Précaution peut-être exagérée, commente Enzo. Plus souvent qu'on ne le croit, les bateaux partant en mer sont contrôlés par les garde-côtes, surtout dans notre cas, arborant un pavillon néozélandais et ayant déclaré notre destination à la Capitainerie.

Après un temps, il ajoute:

- Depuis Toronto, votre trace n'existe plus. Tu ne l'avais pas choisi, Alix. Te voici cependant au seuil d'un nouveau monde et d'un nouveau destin.

10 avril

Jamais Alix n'avait connu cela. Trente-cinq jours sur un petit yacht! Elle rend de petits services mais ce sont les six jeunes qui s'occupent de tout. Au long de plus de onze mille kilomètres, elle contemple inlassablement l'immense océan. A toutes les heures du jour et de la nuit.

Les brèves escales dans les îles Hawai, puis les Samoa et ensuite les Fiji ne bouleversent pas sa profonde retraite intérieure.

- Demain, Wellington! clame Peter, marquant l'échéance de ce long périple paisible durant lequel il n'y eut aucun moment de tension.

Dès l'arrivée, Enzo se précipite au Wellington Hospital dans le quartier de Newtown. A son retour, deux heures plus tard, il demande à Alix:

- Toujours d'accord?

- Que répondre? Cette idée est troublante et étrange …

- Fais-le, M'am. Cela ne porte pas à conséquence. Tu seras ainsi libre de tout passé et prête pour ton futur.

- Les officiels seront-là bientôt. Allons-y, insiste Enzo.

L'homme livide et atrocement maigre qui est étendu dans le lit lui fait un salut de la main à peine esquissé. Il regarde intensément Nina et lui sourit. A Enzo qui s'est approché, il fait une légère caresse sur le front. Une sorte de bénédiction, pense Alix. Cela suffit pour la soulager. L'oncle Francesco agit dans l'intérêt de son neveu. Cette démarche est purement administrative. Le mariage entre Francesco Majorana et Alice Basquey est rapidement conclu en présence d'officiers de l'Etat Civil.

A côté de Nina, sortant du Wellington Hospital, la femme qui l'accompagne, selon ses papiers réguliers en sa possession, s'appelle Alice Majorana, née Basquey, de nationalité néozélandaise et future héritière des biens de son mari Francesco Majorana.

- Merci, M'am. Cela nous aide beaucoup. Pour toi, considère que cela trace une ligne claire entre un passé et un nouvel avenir.

Enzo les rejoint. Il est ému et parle brièvement.

- Mon oncle Francesco te remercie Alix. Il est heureux et apaisé, avant de quitter ce monde, de laisser une trace grâce à nous trois. Il te souhaite une belle vie sur nos terres.

- Il nous a rendu un incroyable service! J'ai changé de monde. La pièce est retombée. Sur le côté face. Le côté pile n'est plus visible.

Une nuit à l'hôtel. Excellent, bon, moyen? Qu'ont-ils mangé? Personne ne s'en souvient. Alix ne d'endort pas avant cinq heures du matin alors que le réveil est fixé à sept heures. Enzo les quitte pendant une heure pour retourner à l'hôpital embrasser son oncle, enfreignant sans scrupule ni hésitations les règles qui interdisent les visites avant quinze heures.

En fin de matinée, ils embarquent dans un petit avion qui les dépose en une heure au cœur du pays sur un aérodrome désert. Les parents d'Enzo les y attendent. Nina et Alix sont saisies par la découverte. Le panorama est impressionnant. Aucun rapport avec l'Île de France ni avec Venise. Ni avec ce qu'elles connaissent des régions d'Europe.

L'exploitation est prête à se développer selon les plans d'Enzo grâce à l'adjonction de la propriété que les parents viennent de lui céder, de l'héritage de Francesco qu'apporte Alix et du domaine acquis auprès de Scott Pittaway.

Ce dernier, à la demande des Majorana, avait accepté de monter un mécanisme complexe pour recevoir les fonds en échange de ses parts. Il n'avait posé aucune question concernant leurs motivations d'autant plus que cela lui convenait parfaitement car il souhaitait de son côté "mettre cet argent à l'abri", selon sa propre expression.

Personne ne connait tous les détails de son montage. Deux entités juridiques furent identifiées, les autres, très probables, restant inconnues: une société anonyme au Canada, dénommée "Cabanon" et un trust à Hong Kong, ce dernier étant l'actionnaire de la première. L'une ouvrit un compte chez Royal Bank of Canada Toronto et l'autre chez HSBC Hong Kong. Dans aucune, le nom de Scott Pittaway n'apparaissait. Le lendemain de la réception des sept millions sur le premier compte, ils furent transférés sur le deuxième. La cession des parts de sa société néozélandaise possédant son domaine fut exécutée en faveur d'Alix dès l'arrivée des fonds à Toronto.

La société "Cabanon" fut mise en liquidation la semaine suivante. Le trust clôtura son compte chez HSBC. Son solde fut transféré dans une banque au Vanuatu. Dans la suite, il s'avéra impossible de reconstituer leur destination.

On pourrait, à condition d'en percer les secrets financiers, déjouer les dédales juridiques, suivre à la trace le voyage par les îles du Pacifique puis celles des Caraïbes de cet argent. Une véritable croisière de luxe, en considérant le montant des commissions versées aux banquiers, avocats d'affaire et fiscalistes successifs.

- A l'évidence, les commissions qu'il a payées étaient inférieures aux impôts auxquels il aurait été soumis, commente Enzo.

Nina fait une grimace crispée.

- Profondément amoral! Je n'émets cependant aucune allusion critique à son égard. Ce que nous avons fait est bien pire!

- N'en parlons plus, Nina. As-tu des regrets?

- Bien sûr! Connais-tu quelqu'un qui ne regrette pas d'avoir eu un accident et d'en subir les séquelles. Cela n'aurait jamais dû avoir lieu. Pourtant, cela a été provoqué et cela s'est déroulé. N'en parlons plus jamais!

En fin de compte, Scott sera content. Il réapparaîtra brièvement dans sa famille, se prétendant pauvre comme Job, tel qu'il l'était au moment de son départ du Canada, alors qu'en réalité il est riche, moins que Crésus mais il n'en a cure. Il profitera bien de sa retraite, fréquentant peu son pays d'origine au profit de croisières dans des régions chaudes plus adaptées à son âge et à sa carcasse fatiguée par les lourds labeurs fermiers. Il donnera longtemps de ses nouvelles aux Majorana jusqu'au jour où la vie le quittera, en ne laissant rien à ses héritiers du Canada.

Le 29 mai, Nina, "Lina Sint-Rand, fille d'Arnaud Sint-Rand et d'Alice Majorana, née Basquey" est-il écrit officiellement et prononcé à cette occasion, et Enzo Majorana se marient. La fête est sobre car Francesco est décédé fin avril. Leur contrat de mariage prévoit la communauté des biens. Les parents Majorana leur cèdent leur propriété et Alix celle héritée de Francesco et le domaine acquis de Scott Pittaway.

Enzo, fidèle à sa philosophie "d'arithméticien", ainsi qu'il le réexplique avec espièglerie, comme il aime le faire pour cacher ses sentiments, prétend que l'important dans une union, c'est la somme et non pas ses composants.

- Ceux qui souhaitent conserver leur apport dans l'addition n'ont qu'à ne pas se marier! ajoute-t-il.

Nina, convaincue de l'immuabilité de leur engagement, ne se sent pas concernée par ces dispositions contractuelles.

Ensuite et toujours

Chaque matin, Alix a le même étonnement. En sortant de la douche, emmitouflée dans un peignoir et des essuies de bain, elle ouvre les tentures puis les fenêtres, sauf les jours de grand froid qui heureusement sont rares dans ces vallées protégées des forts flux d'air. Elle s'avance sur les larges dalles de pierre bleue de la terrasse qui, à cette heure-là, est protégée du soleil, du vent ou de la pluie grâce à son auvent et ses parois en bois de kauri. Elle contemple le vaste paysage qui s'étend à perte de vue devant elle. En léger contrebas, à droite, la maison de Nina et d'Enzo est orientée dans la même direction que la sienne tandis que celle des parents domine une vallée latérale. Les trois sont à peu près au même niveau de la montagne et dominent les bâtiments agricoles.

Les constructions, d'un étage, sont en pierres naturelles grises, leurs toits d'ardoises et leurs châssis de bois presque noir. Elles sont vastes, entourées de terrasses, pelouses et jardins. Des chemins pavés les relient. L'ensemble ressemble plus à un village qu'à une ferme. Un torrent traverse la propriété, longeant les vergers et les premières lignes de vignes, traversant les chemins sous des ponts arqués, puis s'éloignant pour se calmer en rivière au travers de la campagne.

Plus loin, tout part vers l'infini. Des vignobles, des champs, des pâturages à perte de vue séparés par des bosquets et des forêts qui s'accrochent au flanc du relief qui devient rochers, montagnes et pics.

Cette contemplation rituelle ne dure que quelques minutes. Chaque journée est chargée. Plusieurs heures par jour, des tâches administratives l'accaparent. De nombreux employés et des clients du monde entier réclament son attention. Pourtant, il est rare qu'elle ne visite pas quotidiennement chaque partie du domaine: les étables où sont soignés les animaux, les chais et les caves, la fromagerie, les granges puis, plus loin, les vergers. Souvent, elle s'avance au travers les coteaux jusqu'aux clôtures des prés où paissent des bovins et aux enclos où les montons, habitués, la regardent avec indifférence.

Alors que le jour de son arrivée, cette immensité l'avait angoissée, elle se sent maintenant, intégrée dans ces dimensions. Peu importe que chaque troupeau qu'elle observe au loin ou qu'elle croise en sillonnant le pays en Jeep se compte en milliers. Ici, c'est un continent et non plus un Clos au nom mensonger dont elle fut chassée. Elle vit sur une parcelle de l'immense Gondwana des origines, sur un sommet visible de Zealandia. Cette "*tellurie*" la rend forte.

Dès leur installation, elle a souvent passé du temps avec Nina. Dès que celle-ci met au monde son premier enfant Marco, Venise oblige, elle lui en consacre beaucoup. Demain, elle montera avec son petit-fils jusqu'au sommet qui domine leurs maisons. Elle le posera sur ses épaules et tournera doucement à 360 degrés, lui offrant le panorama complet de leur domaine. Elle fera cela souvent avec Marco puis, plus tard, avec ses sœurs et frères. Pour que tous prennent possession de leur univers: celui d'Alix, de Nina et Enzo, de Marco et des autres.

Il est probable que, quelquefois peut-être, l'une ou l'autre pense à Arnaud. Avec tristesse et regret[31].

---

[31] Mais ceci est une pure supposition car jamais l'une ni l'autre n'en parle.

Belle-Île en Mer, Bruxelles, Octobre 2018

Une vengeance ?

DU MÊME AUTEUR

ORPHEE, ECRIVAIN, roman

EVA ET LE PETIT PRINCE, roman

L'INVENTEUR DE VENISE, roman

PUCE "Petit Roman pour les Mamans des Grandes Filles"
(Histoire illustrée pour "enfants")

… MONDO DI COLORI, nouvelles

LES SOUVERAINES, roman

LES JOURNEES INTERNATIONALES, poème fou

ROSE ET VENTS, roman d'action

PAR-DELA LE LOINTAIN, roman

ISBN 978-2-930869-00-1
Dépôt légal D/2019/ Marc-Jean Nootens, éditeur
Auteur-Editeur